효자동
guten Paik

구텐백

효자동
guten Paik

구텐백

백경학 글

푸르메

당신이 있기에
우리는 희망을 이야기합니다

어린 시절 내 꿈은 번데기 장수가 되는 것이었습니다. "번, 번, 번데기" 하고 외치는 소리가 골목에 울려퍼지면 나 같은 조무래기들은 빈 병과 5원짜리 동전을 들고 달려갔습니다. 둥근 원을 갈라 1원, 3원, 5원, 10원, 꽝이라고 적어놓은 원판이 돌기 시작하면 닭 털로 만든 침을 두 번 던져 당첨된 금액만큼 번데기를 먹을 수 있었습니다. 10원을 뽑는 행운도 있었지만 나는 '꽝'을 자주 뽑았습니다. 꽝을 뽑은 어느 날 시무룩한 표정으로 집에 돌아와 어머니에게 선언했습니다. "내 맘대로 번데기를 먹을 수 있는 번데기 장수가 될래요!"

초등학교에 입학한 뒤 내 꿈은 택시 운전사로 바뀌었습니다. 당시 유행하던 하늘색 '새나라' 자동차를 타고, 가고 싶은 곳은 어디든 갈 수 있다면 얼마나 행복할까 생각했습니다. 하지만 어머니로부터 공부나 하라는 야단과 함께 종아리를 맞은 뒤 번데기 장수와 택시 운전사의 꿈을 접어야 했습니다.

고등학생이 되자 또 다른 소원을 가지게 되었습니다. 그것은 '글을 잘 쓰는 사람'이 되는 것이었습니다. 머릿속에 떠오른 생각과 수많은 삶의 소재를 글로 재미있게 쓸 수 있는 능력을 갖게 해달라고 기도했습니다. 생각이 정리되고 삶의 궤적이 어느 정도 모아지면 에세이와 시를 쓰겠다는 희망도 간직하게 되었습니다. 대학 졸업 후 다행히 글쓰는 직업을 갖게 되었습니다. 부족한 능력이지만 진보적인 언론이라 생각했던 CBS와 한겨레신문, 동아일보에서 12년 동안 기자 생활을 했으니 나에게는 영광입니다.

1998년 아내가 영국에서 교통사고를 당한 것을 계기로 또 하나의 꿈이 생겼습니다. 그것은 환자를 가족처럼 돌보는 아름다운 재활병원을 세우는 일입니다. 가장 가까운 사람의 사고를 지켜보면서 불행이 누구에게나 찾아온다는 것을 깨달았습니다. 한순간에 장애인이 되면 자신의 장애뿐 아니라 다른 사람의 편견을 이겨내는 일이 고통스럽습니다. 하지만 주위를 둘러보면 묵묵히 자기의 길을 걸어가며 여러 분야에서 두각을 나타내는 장애인들이 많습니다. 나는 이런 분들을 통해 희망과 용기를 얻게 됩니다. 조국 광복과 민주화를 위해 목숨 바치신 분들과 노동자와 한솥밥을 먹으며 회사를 꾸려가는 기업가들도 위대하지만, 장애를 가진 자식을 위해 헌신하는 부모님, 자립해서 열심히 살아가는 장애인 등 역경을 딛고 일어나신 분들을 만나면 '참 위대하다'는 생각이 듭니다.

이들을 위해서라도 하루빨리 제대로 된 재활병원을 지어야겠다고 다짐합니다.

부끄럽지만, 가슴속에 품었던 글들을 모은 이 책은 내게 적지 않은 의미를 지닙니다. 대단한 이념과 사상이 깃든 글들은 아니지만, 그동안 제가 살아오면서 만난 사람들과의 인연의 기록이며 생각의 편린들입니다. 이 책에는 우리 가족의 이야기가 있고 장애 분야에 새롭게 눈뜨면서 우리 사회에 바라고 싶은 것이 기록되어 있습니다. 청년 시절 내 삶의 스승이 되어주신 함석헌 옹과 문익환 목사님, 제정구 의원을 만난 일과 김성수 성공회 주교님, 김학준 동아일보사 회장님, 강지원·박원순 변호사님을 모시고 푸르메재단 일을 하면서 행복했던 기억들이 녹아 있습니다.

내겐 더할 나위없이 소중한 역사지만 막상 책으로 엮고 보니 부끄러움이 앞섭니다. 바람이라면 이 글을 읽으시는 분들이 자신의 삶 속에 녹아 있는 작은 기쁨과 열심히 살아가고 있는 주변의 많은 장애인들을 발견했으면 좋겠습니다. 부족한 글을 세상에 나오게 해주신 푸르메출판사에 감사드립니다.

2010년 2월
인왕산이 보이는 사무실에서 봄을 기다리며
백경학

차례

제2부 사람만이 희망이다

제3부 실수는 나의 힘

제4부 꽃한테서 배우라

제1부
길에게 길을 묻다

영국땅 오지에서 당한 교통사고

아내는 혼수상태였다. 아내를 붙잡고 흔들던 나는 까무러칠 듯 놀랐다. 아내의 왼쪽 다리가 보이지 않았다. 한 남자가 다가와 설명을 했다. 수술을 담당한 의사였다. "출혈이 워낙 심해서 당신 부인을 살리기 위해서는 다리를 절단할 수밖에 없었습니다." 심한 스코틀랜드 사투리였다.

아내의 얼굴에는 서서히 죽음의 그림자가 드리웠다. 그 누구도 더이상 희망을 이야기하지 않았다. 나는 절망했다. 그러나 그것은 불행의 시작에 불과했다.

인생은 늘 예기치 않은 사건으로 부침을 겪는다. 그것은 삶을 송두리째 뒤흔드는 거대한 바람일 수도 있고 인생의 잔가지 몇 개를 부러뜨리는 소슬바람일 수도 있다. 나와 내 가족이 12년 전 영국 스코틀랜드에서 겪은 사건은 삶의 뿌리가 뽑힐 만한 세찬 태풍이었다. 온 삶을 뒤흔드는 폭풍우 속에서도 희망의 끈을 놓을 수 없었던 것은 어려운 고비마다 우리에게 내민 수많은 사람들의 도움의 손길 때문이었다.

1998년 여름, 영국에는 유난히 많은 비가 내렸다. 그해 6월부터 두 달 반 동안 우리 가족은 스코틀랜드 글래스고에서 약 50킬로미터 떨어진 소도시 칼라일에 있는 병원 중환자실에 머물고 있었다. 그곳은 우리의 강원도 영월이나 정선에 해당하는 곳이었다. 스코틀랜드 여행 중 갑자기 나타난 한 대의 벤츠 승용차가 우리 가족의 모든 것을 바꾸어놓았다. 인생의 차선이 한순간의 사고로 크게 변경되었다. 혼수상태에 빠져 중환자실에 누워 있는 아내를 지켜보며 나는 눈물샘이 고장 난 듯 흐느껴 울었다. 아마도 평생 흘릴 눈물을 그때 다 흘렸으리라.

늘 낭만과 신비로 가득 찬 '백야'를 동경했지만 내가 현실 속에서 맞닥뜨린 것은 고통과 슬픔에 찬 백야였다. 밤 열한시가 넘어야 하늘이 어두워지고 새벽 세시가 되면 어김없이 뿌옇게 밝아왔다. 일주일째 내리는 여름비는 한국의 장맛비처럼 하염없이 중환자실 창문을 때리고 있었다. 젖은 공기에서 불행의 냄새가 났다. 나는 창가에 머리를 기댄 채 매일 새벽 우울한 백야를 맞이했다. 고대 스코틀랜드인들의 침입을 막기 위해 북잉글랜드인들이 설치한 거대한 암석 장벽이 병실 창밖으로 보였다. 흰 갈매기와 부리가 노란 까마귀들이 장벽 위로 낮게 걸린 먹구름 속을 비행하곤 했다.

사고 몇 시간 전만 해도 우리는 2년간의 독일 생활을 마치고 곧 맞게 될 한국에서의 생활을 상상하며 즐거워했다. 그리워했던 친지들을 만나고 고국 음식 맛보는 것을 상상했다. 오스트리아 잘츠부르크 인근에 있는 호반도시 프리엔에서 시작한 우리의 독일 생활은 신혼처럼 행복했다. 주말이면 각국에서 온 20대 초반의 젊은 이들과 어울려 토론도 하고 고물 승용차를 빌려 알프스와 이탈리아로 소풍을 다니기도 했다. 어학 코스가 끝나자 뮌헨으로 이사해 늦깎이 공부를 시작했다. 아침 일찍 아이를 유치원에 맡기고 강의가 끝나면 아내와 도서관에 나란히 앉아 공부를 했다. 주말이면 유학생들을 초대해 맥주 파티를 열기도 했고 벼룩시장을 헤매고 다니기도 했다. 더이상 부러울 것이 없었다. 불행이란 나와 전혀 상관이 없는 단어였다.

귀국을 한 달 남겨놓은 시점에 나는 아내에게 추억을 만들자며 자동차로 떠나는 영국 여행을 제안했다. 아내는 내 성화에 못 이겨 결국 따라나섰다. 폭풍의 언덕이 펼쳐진 스코틀랜드가 우리의 최종 여행지였다. 옛 스코틀랜드 왕국의 수도였던 에든버러와 경제 중심지 글래스고를 거쳐 우리는 런던으로 향하고 있었다. 집이 있는 독일 뮌헨으로 돌아가면 한국으로 이삿짐을 부치는 일만 남아 있었다.

아내는 자동차 트렁크 속에 필요한 물건이 있다고 했다. 시야가 툭 터진 오르막길에 비상등을 켠 채 자동차를 세웠다. 길가에 잠깐 차를 세운 일이 그렇게 큰 결과를 불러오리라 누가 예상했을까. 자동차 트렁크를 열고 딸애의 속옷을 찾던 아내에게 자동차 한 대가 돌진해왔다.

'꽝' 하는 굉음과 함께 모든 것이 산산조각 났다. 얼마의 시간이 흘렀을까. 정신을 차렸을 때 나는 가해자의 자동차 밑에 깔려 있었다. 고개를 돌려보니 도로 위로 자동차들이 무서운 속도로 달리는 광경이 보였다. '아! 이렇게 죽는구나.' 나는 터져나오는 비명 속에서 죽음을 생각했다. 오랜 시간이 지난 것 같았다. 한 떼의 사람들이 몰려와 자동차를 번쩍 들어 그 아래 깔린 나를 끌어냈다. 쓰러져 있는 아내가 시야에 들어왔다. 아내는 다리에 많은 피를 흘리고 있었다. 딸애는 튕겨져 나간 우리 자동차 안에서 창문에 매달린 채 울고 있었다.

"당신! 살아 있어? 정신 차려봐!" 나는 짐승처럼 울부짖었다. 아내는 말이 없었다. 내가 계속 고함을 치자 그제서야 정신이 드는지 눈을 떴다. 핏기가 가신 얼굴이 평온했다. '하느님! 감사합니다.' 아내는 살아 있었다. 가해자는 계속해서 휴대폰 버튼을 누르고 있었다. 40대 초반의 남자였다. 나는 자동차로 기어가 조수석에 있던 카메라를 꺼냈다. 사고 현장과 피의자의 모습을 정신없이 담았다. 내가 찍은 사진들은 나중에 사고의 책임이 전적으로 우리에게 있다는 가해자 측 보험회사의 주장을 뒤집을 수 있는 결정적인 증거가 되었다. 법리 논쟁에서 불리해질 것을 예측한 보험회사는 결국 사고 8년만인 2006년 5월말 극적인 합의를 요청해왔다.

나중에 영국 경찰을 통해 안 일이지만 가해자는 평소 편두통을 앓았다고 한다. 그날도 두통약을 여러 알 먹고 운전하다 정신을 잃고 사고를 냈다고 했다. 그가 마약이나 술을 먹지 않고 정말 두통약을 먹었는지, 사고 직후 경찰에 도움을 청했는지 스코틀랜드 검찰에 확인해달라고 요청했지만 거절당했다.

누구나 그렇지만 서울에서의 생활은 24시간으로 부족하다. 사회부와 정치부 기자였던 나는 늘 일에 쫓겼다. 새벽부터 밤늦게까지 일이 꼬리에 꼬리를 물었다. 열심히 일했지만 일에서 헤어날 수 없었다. 무언가 재충전이 필요했다. 이렇게 살다 건강과 가족을 모두 잃을 수 있다는 위기감을 느낀 나는 도망치듯 독일 대학에 연수를 신청했다. 다행히 언론재단과 회사로부터 2년 동안 생활비와 학비를 지원하겠다는 약속을 받았다. 나는 이런 사실을 아내에게 알렸지만 그녀는 기뻐하지 않았다. 교통문제와 시민의식 등 서울시의 여론조사를 담당했던 아내는 자기 일을 사랑했다. 게다가 몇 달 전 직장을 그만두고 가톨릭 신학교에 들어간 동생이 마음에 걸렸고 홀어머니를 덩그러니 남겨놓은 채 외국으로 발길이 떨어지지 않는다고 했다. 그랬던 아내가 지금 내 눈앞에 쓰러져 있다니!

아내는 구급차에 실리면서 말했다. "나는 괜찮아요. 민주가 충격을 받았을 거예요." 아내의 청바지는 유혈이 낭자했다. 고통의 순간에도 딸애를 걱정하는 아내의 목소리가 신비로웠다. 두 시간이면 끝날 거라는 수술이 훌쩍 여덟 시간을 넘겼다. 천장에 매달린 전구 두 개와 '씨어터Theater'라고 씌어진 수술실 안내판이 황량하게 보였다.

아내는 가톨릭 모태신앙을 가지고 있었다. 학창시절 성가 단원과 교리 교사를 맡을 정도로 성당 활동에 열심이었다. 우리 집안도 어머니와 형수, 누나가 성당에 다니고 있었다. 아내는 독일 뮌헨에 도착하자 한인 성당을 찾아나섰다. 나는 매주 아내를 성당에 태워다주고 오랜만에 우리 교민을 만날 수 있다는 이유로 성당 주위를 맴돌기 시작했다. 하지만 신앙에 대해서는 적지 않은 거부감과 적대감을 가지고 있었다.

내가 한국에서 신앙을 가지지 않았던 것은 독재에 맞서 사회주의 이론이 범람했던 1980년대 초 대학을 다녔다는 이유도 있지만, 기자 생활을 하며 알게 된 일부 고위 성직자들, 특히 일부 기독교 고위 성직자들의 이중적인 태도에 환멸을 느꼈기 때문이다. 교회에서 화해와 용서를 외치던 그들이 가정과 교회 밖에서 얼마나 탐욕스럽게 변하는지 목격했다. 그들에 대한 불신은 그들이 믿는 하느님을 더더욱 믿을 수 없게 만들었다.

당시 뮌헨에는 신부, 수녀, 목사들이 많았다. 교구와 수도회, 교회에서 뽑혀서 혹은 자비로 철학과 신학을 공부하러 온 사람들이었다. 우리 부부는 그들을 집으로 초대하기도 하고 때로는 1차 세계대전의 폐허 속에서도 토머스 만과 라이너 마리아 릴케가 밤새워 토론을 벌였던 뮌헨 슈바빙 거리의 카페에서 만나기도 했다. 흑맥주를 앞에 놓고 한국 정치와 종교에 대해 논쟁을 벌이기도 하고 함께 걱정하기도 하면서 자연스럽게 친해지게 되었다.

이들은 한국에서 만난 성직자와는 전혀 다른 사람들이었다. 특히 유학 온 신부, 수녀님들의 소박한 모습은 종교와 성직에 편견을 갖고 있던 나를 놀라게 했다. 가톨릭 내 민주화와 여성 사제직 도입 등에 대한 진보적인 태도는 교계정치와 세속화로 비쳐진 종교를 새롭게 평가하는 계기가 되었다. 로만 칼라와 베일 속에서 소박과 정결뿐 아니라 한국 가톨릭의 진보성과 합리성을 발견한 것이었다. 이들이 사는 기숙사와 성당 내 숙소를 방문할 기회가 많았는데 수십 권의 책과 옷가지 몇 벌, 컴퓨터가 이들이 가진 재산의 전부였다. 그에 비해 나는 얼마나 많은 것을 가졌는지. 이들이 믿는 빈손의 하느님, 인간의 얼굴을 한 하느님이라면 믿을 수 있겠다는 생각이 조금씩 고개를 들기 시작했다.

현재 서강대에 계신 예수회 김용해 신부님과 부산 교구 홍경완 신부님, 수원 교구 황치헌 신부님 등을 만나면서 나는 가톨릭을 마음으로 받아들이게 되었다. 사고가 나기 넉 달 전 나는 뮌헨 프라우엔(성모) 성당에서 독일 추기경님으로부터 세례를 받는 영광을 누렸다. 이후 가장 어려운 순간에 가톨릭 신앙은 나를 지탱하는 힘이 되어주었다.

하염없이 흐르는 빗줄기에 내 눈물도 합쳐졌다. 아내는 칼라일 병원으로 옮겨진 뒤 첫번째 수술을 마치고 고비를 넘기는가 싶더니 수술 부위가 다시 감염되면서 상태가 더욱 악화되었다. 사고의 충격으로 양쪽 신장이 기능을 중단하자 체온이 42도를 넘어섰고 혈압도 270까지 치솟았다. 양쪽 옆구리와 목젖에 구멍을 뚫어 인공신장과 인공호흡기를 다는 수술을 받았다. 각종 약물과 영양을 공급하기 위해 10여 개의 고무관과 링거주사 선을 몸에 꽂고 있었다. 아내는 사고의 후유증과 노폐물을 배출하지 못한 탓에 몸이 풍선처럼 부풀어 올랐다. 혼수상태에 빠진 얼굴을 내려다보며 '이 사람이 과연 내 아내였나' 하는 생각을 했다.

죽음으로부터 아내를 살리신 이유

칼라일은 북잉글랜드와 스코틀랜드의 국경에 위치한 인구 10만의 작은 도시였다. 고대 스코틀랜드인들의 침입을 막기 위해 영국 동해안과 서해안을 가로질러 설치된 거대한 장벽이 칼라일 시의 북부를 가로막고 있었다. 이 도시의 외곽에 위치한 칼라일 병원은 인구에 비해 비교적 규모가 큰 300개의 병상을 가지고 있었다.

병원 하면 비좁은 병실과 환자, 방문객이 뒤엉킨 로비가 연상되던 나에게 영국과 독일 병원의 한가로움은 낯선 풍경이었다. 병원 본관은 200년 전 대영제국의 영화를 상징하듯 코린트식 거대한 열주와 대리석으로 화려하게 치장되어 있었다. 특히 병원을 둘러싼 정원은 꽃과 나무가 어우러져서 감탄이 절로 났다. 하지만 병동 내부는 마치 2차 세계대전 때의 야전병원처럼 낡고 을씨년스러웠다.

나와 딸애는 병원에 붙은 가족호텔에 기거했다. 다른 지역에서 온 가족들이 머물 수 있는 가족호텔은 무엇보다 깨끗했고 싼 가격으로 이용할 수 있었다. 우리처럼 불의의 사고를 당한 환자 가족들에게는 무엇보다 필요한 시설이었다. 웬만한 특급 호텔에 버금가는 곳이었지만 펜션과 같이 스스로 음식을 해 먹고 휴식을 취할 수 있는 시설이 마련되어 있었다.

아내가 입원한 중환자실은 6인실과 1인실로 구성되어 있었다. 아내는 중환자 중에서도 가장 위중한 환자였다. 아내를 전담하는 의료진으로는 30대 후반의 주치의와 여섯 명의 간호사가 배치되었다. 두 명의 간호사가 여덟 시간씩 3교대로 교체되었다. 환자를 보살피는 것은 환자의 가족이나 간병인이 아니라 의료진의 몫이었다. 영국으로 여행을 왔다 혼수상태에 빠진 외국인에 대한 연민이었을까, 아니면 봉사와 희생이라는 직업의식 때문이었을까, 의료진의 간호는 눈물이 날 정도로 헌신적이었다.

간호사들은 잠시도 쉬지 않았다. 시트를 갈고 체온과 혈압을 재고 아내의 상태를 30분 단위로 끊임없이 확인하고 기록했다. 혼수상태의 아내에게 주사를 놓을 때도 일일이 어떤 주사이고 왜 주사를 놓는지를 설명했다. "미시즈 황! 이 주사는 조금 아플 거예요. 미안해요. 하지만 당신의 출혈을 멈추기 위한 것이고 하루빨리 깨어나길 빌어요"라고 말이다. 환자나 환자의 가족이 부르면 간호사들은 언제나 달려왔다. 그들로부터 "절대 안돼요"라는 말을 듣지 못했다. 늘 서로 상의한 뒤 "미안해요. 그 대신 이게 좋을 것 같아요" 하고 차선책을 제시했다.

아내의 주치의는 '화이트White'라는 성을 가진 남자였다. 외국 의사가 주는 선입견과 영국인 특유의 신중함 때문에 처음에는 그가 무척 어렵게 느껴졌다. 그는 아내의 상태를 확인하기 위해 중환자실에 올 때마다 아내를 둘러본 뒤 중환자실 옆 응접실에서 초조하게 서성이고 있는 나를 찾아오곤 했다. 화이트는 오전 오후 한차례씩 보통 30분이 넘게 아내의 상태를 상세히 설명했다.

비록 국적을 달리하지만 그는 나와 같은 '백White' 씨였다. 나중에는 서로 농담을 할 정도가 됐지만, 생사의 기로에 선 사람의 보호자로서 의사를 대하기는 여전히 어려웠다. 경상도 사투리보다도 심한 스코틀랜드 사투리를 사용하는 그는 그래프까지 곁들여 친절하게 설명했다. 아내의 뇌기능이 30퍼센트 이상 손상됐으며 사고의 충격으로 패혈증 등 여러 합병증이 나타나고 있다고 했다.

내가 궁금한 것은 '아내가 얼마나 위독한 것이며, 과연 살아날 수 있는가'였다. 그런데 그런 질문을 할 때면 화이트는 손사래를 쳤다. '당신 아내의 정확한 상태를 알아야 한다'고 말이다. 하루는 또다시 장황한 설명을 시작한 그에게 "환자가 많아 바쁠 텐데 이제 가봐야 하지 않느냐"고 물은 적이 있다. 화이트는 정색을 하며 "당신 부인만큼 이 병원에서 위독한 환자는 없다. 당신 부인이 우리에겐 가장 중요한 환자이고 당신은 부인의 상태를 정확히 알

권리가 있다"고 말했다. 이전에 경험하지 못한 감동이 일었다.

죽음의 그림자 속에서 피어난 위로의 꽃들

사고 며칠 후 중환자실로 한국 유학생이 불쑥 찾아왔다. 칼라일에서 300킬로미터 떨어진 뉴캐슬 대학에서 고고학을 전공하고 있는 전태일 씨였다. 그는 우연히 영국 경찰로부터 글래스고 근처에서 한국인 가족이 교통사고를 당했다는 소식을 듣고 그 길로 달려왔다고 했다. 전태일 씨는 나와 딸 민주를 위해 일주일에 한 번씩 김치와 불고기를 싸들고 병원을 찾아왔다. 리버풀에 살고 있는 마리테 민(민원순) 수녀님도 우리의 사고 소식을 듣고 한걸음에 달려오셨다. 수녀님은 나를 보자마자 "우리 함께 기도해요. 당신은 혼자가 아니에요. 가족과 많은 분들이 민주 엄마를 위해 기도하고 있어요"라고 말해 나를 울게 만드셨다.

칼라일 시에 살고 있는 영국인 데블린 씨와 카트린 씨 가족도 민 수녀님의 소개로 병원을 찾아 우리 가족을 위로했고, 민주를 데리고 소풍을 가기도 했다. 친구 박인철과 후배 강형동 부부도 독일 도르트문트와 뮌헨에서 자동차를 타고, 바다를 건너 우리를 찾아왔다. '원수는 물에 새기고 은혜는 돌에 새기라'고 했던가. 모두가 가장 어려운 순간에 아무런 조건 없이 우리 가족을 도와준 은인들이었다.

영국 경찰은 런던에 있는 한국대사관에도 우리 가족의 불행을 알렸다고 했지만, 한국대사관으로부터는 열흘이 지나도록 연락이 없었다. 그후 한 통의 전화가 걸려왔다. 한국 영사로부터였다. 런던에 일이 너무 많아 오지인 칼라일에 올 수 없다는 내용이었다.

병원 내에 설치된 유치원에 다니기 시작한 민주는 병원 식구들에게 단연 인기였다. 아내의 주치의부터 간호사, 심지어 청소부 아줌마들까지 한국어와 독일어를 조잘대는 민주를 신기하게 바라봤다. 사람들은 출근길에 그림책과 스케치북, 크레용, 작은 인형 등을 민주의 손에 쥐어주곤 했다. 민주가 그린 그림은 아내의 병실을 뒤덮을 정도가 되었다. 간호사들은 "엄마가 깨어나셨을 때 네 그림을 보면 아마 깜짝 놀라실 거야" 하고 민주를 격려했다.

하지만 두번째 수술 후 상처 부위가 다시 감염되면서, 아내의 시신을 수습해 한국으로 돌아갈지도 모른다는 데까지 생각이 미치자 나는 더이상 잠을 잘 수도, 밥을 먹을 수도 없었다. 65킬로그램이 넘던 내 체중은 48킬로그램으로 떨어졌다.

입원한 지 한 달이 되던 날 화이트는 서류 한 장을 내밀었다. 이 상태로라면 아내가 24시간을 넘길 수 없기 때문에 마지막으로 대퇴부까지 절단하는 수술을 시도해보자는 것이었다. 수술에 동의하며, 사망하더라도 이의를 제기하지 않겠다는 각서였다. 만약 수술이 실패로 끝나 척추와 골반까지 감염된다면……. 아내의 죽음이 점차 현실로 다가왔다. 일주일 전 한국에서 달려오신 장모님은 주치의의 말을 듣고 냉정하게 말씀하셨다. "이제 마음을 강하게 먹어야 하네. 죽음을 준비하게." 민주는 분위기가 심상치 않다는 걸 느꼈는지 나와 장모님의 눈치를 번갈아 살피면서 눈물을 글 썽였다.

내 입에서는 쉼 없이 성모송이 흘러나왔다. '은총이 가득하신 마리아여! 기뻐하소서…….' 묵주가 있을 리 없었다. 나는 손가락 을 묵주 삼아 성모송을 외우고 또 외웠다. 겨자씨만큼의 신앙심도 없던 나였지만 잠결에도 성모님께 '당신도 그렇게 사랑하던 아들 이 눈앞에서 숨지는 것을 보지 않았습니까? 다른 모든 사람이 외 면해도 당신은 그 고통을 알고 계시지 않습니까? 내 고통을 거두 어주십시오.' 나는 눈물로 호소하고, 때로 항의하며 성모님께 종 주먹을 내밀기도 했다.

아내가 병원에 입원한 지 며칠 지나지 않아 옆 침대에 40대 스 코틀랜드 여성이 입원했다. 위암 환자라고 했다. 그녀는 혼자 정 원을 산책하고 노래를 부르기도 했다. '저렇게 건강한데 왜 응급실 에 들어왔을까' 의문이 날 정도였다. 그러나 3주 후 갑자기 숨을 거두었다. 환자를 둘러싼 가족들은 임종 직후 울음을 삼키며 손을 잡고 기도를 올리며 서로를 위로했다. '우리 같으면 슬픔을 이기 지 못해 발버둥치고 통곡을 할 텐데……' 하는 생각에 잠겨 있는 나에게 그분의 가족이 한 사람씩 다가왔다. "비록 내 아내는 숨졌 지만 당신 부인은 젊고 할 일이 많아요. 반드시 하느님이 당신의 부인을 살려주실 겁니다." "우리 언니가 못다 한 삶을 당신 부인이 살아가길 바래요." 슬픔 속에 잠겨 있어야 할 이들이 오히려 나를 포용하며 위로했다. 나는 바보처럼 그들을 껴안고 울고 말았다.

아내가 위독하다는 소식이 전해지면서 병원 안에 있는 성공회 성당 여사제도 매일 아내를 찾아 기도를 올려주었다. 24시간을 넘길 수 없다는 주치의의 말을 듣고 독일에서 친하게 지냈던 예수회 김용해 신부님께 전화를 했다. 독일 성당에 보좌신부로 계셨던 신부님은 다음날 먼 길을 마다치 않고 오지의 병원을 찾아오셨다. 내가 종부성사를 부탁하자 신부님은 내 손을 잡고 눈물을 흘리셨다. 아내가 위독하다는 소식은 런던의 한인 성당을 통해 유럽 전역으로 퍼져나갔다. 유럽 한인 가톨릭 공동체는 시간을 정해 아내의 소생을 간구하는 미사를 일제히 올렸다.

그렇게 많은 분들의 도움과 교인들의 기도 때문이었을까. 희망이 없을 것 같다던 아내에게 기적이 일어났다. 270을 넘던 혈압이 점점 떨어지고 신장 기능이 조금씩 회복되고 있었다. 대퇴부로 감염되면 가능성이 없다던 주치의는 '장례 절차가 필요 없을지 모른다'며 희망을 전하기 시작했다. 풍선처럼 부풀어 올랐던 몸에서 붓기가 빠지면서 아내는 정상적인 모습으로 돌아오기 시작했다.

마지막 수술을 받고 일주일이 지난 어느 날 정말 거짓말처럼 아내의 의식이 돌아왔다. "여기가 어디야? 아니, 엄마가 어떻게 여기에 있어?" 나와 딸애, 그리고 장모님은 사지에서 돌아온 아내를 맞았다. 나는 서둘러 아내를 독일로 이송할 비행기를 예약했다.

우리 가족이 두 달 반 동안 영국 오지의 작은 병원에서 느꼈던, 애를 끊을 듯하던 고통과 슬픔이 지금도 생생하게 떠오르곤 한다. 우리 가족에게 도움을 준 많은 사람들, 너무도 따뜻하고 친절했던 영국 의료진, 환자뿐 아니라 환자의 가족을 위해 설계되고 움직이는 영국 병원의 시스템 등은 우리 가족이 잊을 수 없는 것들이었다.

시간이 지난 뒤 나는 하느님이 아내에게 죽을 듯한 고통을 주시고 다시 살리신 이유가 무엇일까 되새겨보곤 했다. 그때마다 교통사고나 뇌졸중 같은 한순간의 불행으로 평생 장애를 안고 살아가야 하는 사람들을 위한 일을 해보라고 하시는 게 아닐까 하는 생각이 들었다. '직접' 우물을 파라고 말이다.

우리 엄마 다리는 곧 자라날 거예요!

영국에서 독일까지는 비행기로 불과 한 시간 거리였지만 우리 가족이 독일로 돌아오는 데에는 꼬박 하루가 걸렸다. 영국을 떠나기 전날 한 남자가 나를 찾아왔다. 런던 주재 한국대사관의 교민 담당 영사였다. 나는 그를 만나 달리 할 말이 없었다. 사고 직후 스코틀랜드 경찰이 우리의 사고 소식을 한국대사관에 알렸고 도움의 손길이 절실했지만 담당 영사는 "칼라일이 너무 멀고 할 일이 많아서 갈 수 없다"는 말만 되풀이했다. 막상 그의 얼굴을 보자 분노가 치밀었다. "대사관 임무 중 가장 중요한 일이 자국민을 보호하는 것 아닙니까." 그는 "2만 명이 넘는 교민을 혼자 관리해야 했고 무엇보다 대사관 행사가 많아서 움직일 수 없었다"며 거듭 사과했다.

나는 그날 밤 최동진 당시 영국 대사에게 편지를 썼다. "대사님, 이역만리에서 자국민이 교통사고를 당해 생사를 넘나드는 것보다 더 중요한 일이 있습니까. 사고 소식을 접하자마자 누군가 달려와 사태를 수습하는 것이 대사관의 임무가 아닙니까. 대사님 가족이 사고를 당했다면 이렇게 방치하지는 않았을 겁니다. 우리가 겪은 일을 잊지 않겠습니다." 다음날 아침 최 대사로부터 "미안하다"는 전화가 걸려왔지만 나는 그의 사과를 받지 않았다.

다음날 독일행은 예정대로 성사되지 않았다. 아내가 들것에 실려 비행기에 오르자 루프트한자 조종사가 질겁하며 이송을 거부했기 때문이다. 그는 '아내의 상태가 너무 심각해 돌발적인 상황이 발생할지도 모른다'고 주장했다. 영국에서 사고를 당한 것도 분한데 독일마저 우리를 버린다고 생각하니 피가 거꾸로 솟는 듯했다.

루프트한자 맨체스터 공항 지사장과 의료진이 나서서 조종사를 설득했지만, 그는 '환자의 이송 여부는 조종사의 권한'이라며 탑승을 끝내 거부했다. 결국 독일행을 포기하고 맨체스터 병원 응급실로 아내를 옮겼다. 우리 가족은 분노에 차 뜬눈으로 밤을 새웠다. 소송을 불사하겠다는 나와 대사관의 항의 때문인지 다음날 루프트한자는 특별기를 마련했고 우리는 드디어 독일 땅을 밟았다.

영국과 비교하면 독일은 훨씬 상황이 좋았다. 영국보다 깨끗하고 편리한 병원 시설이 그랬고, 무엇보다 2년 동안 살아온 때문인지 마음이 편안했고 많은 사람들로부터 도움을 받을 수 있다는 사실이 고향에 온 것 같은 위안을 주었다. 병원으로 직행한 아내는 다음날부터 무시무시한 재활치료를 시작했다.

두 달간의 혼수상태로 온몸의 근육이 모두 사라졌고 사고의 충격으로 운동신경과 균형감각이 상실된 상태였다. 손가락 하나를 움직이는 것도 고통이었다. 들것에 실려 평행대 위에 세워진 아내는 계속 비명을 질렀지만 독일 의료진은 눈 하나 깜짝하지 않았다. 두 번의 혹심한 전쟁을 치르면서 절단 수술도 마취제 없이 했다는 독일의 의료 전통이 아내에게 적용되었다. 아내는 재활치료가 얼마나 고통스러웠는지 "차라리 사지가 마비되었더라면 이런 운동을 하지 않을 텐데……" 하고 한탄을 할 정도였다. 나와 장모님은 안타까운 마음에 발을 굴렀다.

다른 환자들과 마찬가지로 아내는 아침부터 오후 네다섯시까지 맹훈련을 받았다. 독일 병원은 영국 병원과 다른 점이 많았다. 무엇보다 병원 시설과 주변 환경이 쾌적했다. 마치 국립공원 안의 호텔에 와있는 것 같은 착각을 일으키게 했다. 재활치료와 훈련도 환자의 입장에서, 환자를 중심으로 이루어졌다. 지속적인 상담과 치료사와 의사, 간호사로 구성된 의료진이 회의를 거쳐 아내에게 맞는 재활치료의 내용과 강도를 결정했다. 아내의 정신적·심리적·육체적인 상태는 매시간 기록되었다.

한 달이 지나자 아내는 병원에 있는 수영장에서 수중 재활치료를 받았다. 평생 휠체어에 의지해 생활할 것을 걱정하던 아내는 부력을 이용해 물속을 몇 발자국 걸은 뒤 "나도 혼자 걸을 수 있어" 하고 들뜬 목소리로 말했다. 이날 우리 가족은 오랜만에 함께 웃었다.

독일 병원은 오전 오후 각 두 시간씩 가족과 친지의 방문 시간이 정해져 있었고, 환자를 24시간 병원에서 간호했기 때문에 나는 오전 열시에 출근해 오후 네시가 되면 퇴근해야 했다. 아내가 입원했다는 소식을 듣고 하루는 한 떼의 사람들이 몰려왔다. 김용해 신부님과 사고 후 도움을 많이 준 유학생 배정한 씨와 강형동 씨, 독일 교민 아주머니, 아저씨들이었다. 병실에 들어서며 아주머니 몇 사람이 "민주 엄마……" 하며 눈물을 터뜨렸고 아들 부부처럼 우리 가족을 사랑해주셨던 송준근 사장님은 말없이 나를 끌어안았다.

병실에 침묵이 흘렀다. 그때 일곱 살 민주와 민주 친구 난이가 소리쳤다. "걱정하지 마세요. 우리 엄마 다리는 곧 자라날 거예요." "맞아요. 텔레비전에서 봤는데 도마뱀도 꼬리가 잘리면 또 자라나잖아요." 모두가 한동안 말을 잊었다. 우리가 슬픔에 잠겨 있는 동안 아이들은 슬픔 속에서 새로운 희망을 보고 있었다.

그때 김 신부님이 사람들에게 기도를 제안하셨다. "모든 생명을 주관하시는 하느님. 당신께서는 우리 인간의 사고와 상상을 뛰어넘는 분이십니다. 아직 우리가 당신의 뜻을 깨닫지 못하고 울고 있지만 당신이 사랑하는 딸 민주와 난이가 슬픔 속에서 희망을 발견한 것처럼 민주 엄마의 다리가 빨리 자라날 수 있도록 은총을 내려주소서!" 그날 그 자리에 모인 사람들은 비록 아내가 다리를 잃었지만, 그것이 수많은 다리로 재생되기를 기원했다.

병원 생활에서 가장 큰 문제는 먹는 것이었다. 마늘 냄새에 질색을 하는 독일 사람들이 많았다. 이 때문에 독일 사람들과 생활을 해야 하는 유학생과 교민들은 금요일 저녁이 돼야 비로소 김치를 마음껏 먹을 수 있었다. 병원 생활을 하는 아내가 한국 음식을 먹지 못하는 것은 고통이었다. 아침 식사로 우유와 소시지, 빵 한 쪽, 점심과 저녁 식사로는 차가운 돼지고기 한 덩이가 대부분이었으니 입맛도 없거니와 먹어도 무언가 늘 속이 편치 않았다. 전쟁 중에도 젖은 빵 한 쪽을 씹으며 싸웠던 독일인들이니 먹는 게 변변할 수 없었다.

때맞춰 교민들이 김치를 가져다주기 시작했다. 외국에 사는 한국인들에게 김치는 단순한 음식이 아니라 삶의 원동력이었고, 자신이 한국인이라는 정체성 그 자체였다. 냉장고에 김치가 들어가자 일부 간호사들은 "어디서 악마의 냄새가 난다"고 난리를 쳤지만 나는 모른 체하며 아내에게 조금씩 김치를 먹였다. 아내에게 김치는 보약이었다. 하루는 철학을 전공하던 홍경완 신부님과 태권도장을 운영하던 장재희 사범이 문병을 왔다. 들어설 때부터 눈을 꿈벅거리며 신호를 보내는 것이 '뭔가 독일 간호사가 싫어할 것을 가지고 왔구나' 생각했는데, 역시나 작은 냄비를 내밀었다.

한국을 다녀오는 교민에게 부탁한 '개고기'였다. 교통사고 환자에게는 개고기가 특효라며 게슈타포도 무서워했다는 독일 세관의 눈을 피해 어렵게 공수한 것이었다. 그날 밤 아내는 고국에서 가져온 개고기를 맛있게 먹었다. 이 사실이 알려졌더라면 어떤 일이 벌어졌을까. 아마 우리 가족과 개고기 이야기는 일주일 넘게 독일 언론의 톱뉴스를 장식했을 것이다. 독일 세관과 병원 관계자는 곤욕을 치렀을 것이고 동물 보호가로 유명한 프랑스 여배우가 달려와 농성이라도 벌이지 않았을까 하는 즐거운 상상을 해보기도 했다.

아내는 다행히 조금씩 독일에서의 병원 생활에 적응해나갔다. 무엇보다 낙천적이고 늘 웃는 성격이 어려움을 극복할 수 있는 가장 큰 힘이 되었다. 사고 후 어느 날, 아내는 더이상 울지 않겠다고 선언했다.

불행은 개인의 문제가 아니다

독일 병원 생활을 거치면서 고문에 가까운 가혹한 재활훈련이 서서히 효과를 나타내기 시작했다. 처음에는 손가락 하나 움직일 수 없었던 아내는 시간이 지나자 휠체어를 혼자서 굴릴 수 있었고, 그 다음엔 혼자 평형대에서 걷는 연습을 했다.

병원을 퇴원하는 날 가톨릭 봉사단체인 '카리타스'에서 파견한 두 사람이 집에서 우리를 기다리고 있었다. 독일 아주머니와 뮌헨 의대의 학생이었다. 독일 병원에서 카리타스에 도움을 요청했던 것이다. 두 사람은 매주 두 번씩 집을 찾아왔다. 독일 학생은 장애 인증 발급과 체류 허가 갱신 등 주로 서류 관련 문제를 맡아주었고, 독일 아주머니는 아내를 대신해 집안일을 도와주었다. 독일 사회보장제도의 힘을 절감하는 순간이었다.

또한 우리 가족의 사고 소식을 어떻게 알았는지 일간지 〈쥐트도이체 차이퉁〉이 우리의 사고 기사를 실으면서 8천 마르크(당시 우리돈으로 약 480만 원)의 성금이 전해졌다. 마을에 있는 신경정신과 여의사는 귀국할 때까지 아내의 치료를 맡겠다고 나섰고, 옆집 할아버지는 유치원에서 민주를 데려와 내가 병원에서 퇴근할 때까지함께 놀아주었다.

되돌아보면 참 많은 사람들이 우리에게 도움의 손길을 내밀었다. 거친 폭풍우 속에서 우리 가족이 길을 잃지 않고 무사히 귀환할 수 있었던 것은 그들의 도움 때문이었다. 마을 어귀에서 만나는 독일 할머니들은 달려와 아내의 손을 잡고 '용기를 잃지 말라'고 격려했고 한국 교민들은 몸에 좋다는 음식들을 만들어 왔다. 숨이 다하는 그 순간까지 결코 잊지 않을 것이다.

우리 가족은 조금씩 사고 이전의 생활로 돌아갔다. 주말이 되면 도움을 준 사람들과 함께 바비큐 맥주 파티를 열기도 했고, 아내는 소형 전기 자동차를 타고 나와 딸애는 자전거를 타고 마을 호수를 산책하며 그동안 피폐해진 심신을 회복해갔다. 아내는 매일 마을에 있는 재활센터에서 물리치료와 지압치료를 받으며 한국으로 돌아갈 날을 손꼽아 기다렸다.

귀국 전 나는 프랑크푸르트 인근 도시인 '트라운펠드'의 재활병원을 방문할 기회가 있었다. 리모델링 공사가 한창이었던 그 병원은 2차 세계대전 후 독일 상의군인회에서 기금을 모아 정신질환 전문병원으로 건립됐지만 1980년대 들어 환자가 줄어들면서 재정적 어려움을 겪었다고 한다. 문병을 왔던 헬무트 콜 전 총리의 부인이 낙후된 시설을 보고 50만 마르크(당시 우리 돈 약 3억 원)를 기부한 사실이 알려지면서 시민과 기업이 모두 500만 마르크를 기부해 리모델링 작업을 벌이고 있었다.

우리가 독일에 머무는 동안 뉘른베르크에서는 한 중소기업인의 기부가 화제가 된 일도 있었다. 우리나라의 '만도기계' 같은 견실한 자동차 부품회사를 30년간 이끌어오던 노老 사장이 은퇴를 선언하면서 재산을 지역사회에 기부하고 회사 경영권을 장애를 갖고 있던 중국인 직원에게 물려준 것이었다. 우리로서는 상상도 할 수 없는 일이었을 것이다. 지역사회는 재산을 기부한 사실은 환영했지만 외국인에게 경영권을 물려준 것에 대한 반대 여론이 높았다. 사장은 인터뷰를 자청해 "나에게는 아들이 둘인데 첫째는 몇 년 내 회사를 말아먹을 것이요, 둘째는 나와 비슷한 능력을 가졌지만 중국인 직원은 회사를 몇 배나 성장시킬 것으로 확신한다. 당신이라면 누구에게 회사를 물려주겠느냐"고 반문했다고 한다. 신문은 기사를 전하면서 "당신은 못난 아들에게 유산을 남겨주겠느냐"는 제목을 달았다. 참 놀랍고도 신선한 충격이었다.

사고가 나기 전 우리 가족은 독일에서 의료보험료와 사고가 나면 법률적인 보호를 받을 수 있는 자동차보험료로 매달 1천 마르크와 200마르크를 각각 냈다. 이것은 나의 월급과 언론 재단으로부터 받는 장학금, 가족 수와 연령 등을 모두 고려해 책정된 것이었다. 나는 한국에 비해 너무 비싼 보험료에 불만이 적지 않았다. 하지만 아내가 사고를 당하자 우리가 받은 혜택은 상상을 초월했다. 병원비는 물론 의족과 휠체어, 휠체어를 실을 수 있는 자동차 리프트, 안경과 특수 신발, 8년 동안 소송을 진행한 독일 변호사와 영국 변호사 비용까지. 아마 보험에 들지 않았더라면 내가 가진 재산은 물론 피해보상금도 고스란히 소송비용으로 들어갔을 것이다. 내가 든 두 보험회사가 우리를 위해 지출한 비용은 20억 원이 넘을 것이다.

외국의 사회제도가 좋고 우리 것이 나쁘다고 폄하할 생각은 추호도 없다. 각자 발전단계와 처한 상황이 다르기 때문이다. 하지만 사회적 약자를 위해 제도적으로 뒷받침하는 독일 사회보장제도와 기부문화는 나에게 큰 인상을 남겼다. 선진국과 후진국의 차이는 무얼까. 나는 단연 타인에 대한 배려 정도와 의료 및 교육문제를 국가에서 책임지느냐에 달려 있다고 생각한다. 갑작스런 질병과 사고로 인한 불행은 개인 차원의 문제가 아니라 국가와 지역사회가 함께 풀어야 할 과제인 까닭이다.

04

병원 건립을 위해
맥주사업에 뛰어들다

이삿짐 싸는 것을 도와주기 위해 독일에 온 형님 부부와 함께 귀국길에 올랐다. 비행기가 우랄산맥을 넘어 중국 베이징 상공을 지나자 서해안의 섬들이 작은 점같이 보이기 시작했다. 이제 곧 인천공항에 도착하겠다는 기장의 안내 방송은 '고향에 대한 향수'를 일깨웠다. '아, 얼마나 그리던 고국이었던가.' 김포공항에서 출국했지만 현대식으로 잘 지어진 인천공항 청사를 통해 입국하면서 새삼 3년 반이란 세월의 변화를 실감했다. 가족과 친구 등 20여 명이 공항에서 우리를 기다리고 있었다. 새삼 말이 필요 없는 만남이었다.

서울로 들어오는 차 안에서 친척 어른과 후배가 조심스럽게 물었다. "영국과 독일은 장애인이 살기에는 천국이라는데 왜 귀국했니?" "형수님은 그곳에 사시는 것이 훨씬 좋으실 텐데요?" 갑작스런 질문에 할 말이 없었다. 내가 태어나고 자라난 곳을 떠나 외국에서 산다는 것을 상상해보지 않았다. "그래도 가족이 있는 이곳이 나을 것 같아서……." 나는 말꼬리를 흐렸다. 그후에 나는 사람들로부터 "왜 귀국했느냐?" "이민 갈 생각이 없느냐?"는 질문을 수없이 받았다.

귀국한 지 사흘 뒤 '한국 병원에 입원해 재활치료를 계속 받으라'는 독일 주치의의 당부에 따라 의료진이 좋다는 국내의 한 재활병원을 찾았다. "병실이 없습니다. 일단 입원 신청을 하신 뒤 2~3개월 기다리셔야 합니다." "네? 병원에 병실이 없다고요?" 나는 내 귀를 의심했다. '응급실도 아니고 일반 병실에 병상이 없다니.' 주위를 둘러봤다. 나 혼자가 아니었다. 입원을 위해 전국에서 찾아온 환자 가족들이 여기저기서 입원신청서를 쓰고 있었다. 내가 원무과 직원과 대화하는 것을 들었는지, 아주머니 한 분이 딱하다는 표정으로 설명을 했다. "2개월밖에 의료보험이 적용되지 않기 때문에 병원에선 두 달만 되면 퇴원하라고 해요. 우리는 2년째 병원을 옮겨 다니고 있어요. 다행히 석 달 전에 이 병원에 신청을 해서 입원할 수가 있었어요."

충격이었다. 입사 초기 사건기자로 서울대병원과 경희대병원 응급실을 출입하며 많은 사건을 목격했다. 여름철 복 매운탕을 먹고 혼수상태에 빠진 일가족, 떡을 먹고 급체해 숨진 할머니, 각종 대형 교통사고, 성수대교와 삼풍백화점의 붕괴사고 등. 취재하면서 내가 매일 접했던 수많은 사건들은 나와 상관없는 불행이라고 생각했다. 남의 불행은 내가 쓰는 기사의 소재였고 그들의 사연은 내 기사를 채우고 있는 스토리일 뿐이었다.

독일 소설가 하인리히 뵐은 작품《셀 수 없는 연인Ungezaehlte Liebe》에서 '인간을 결코 숫자로 대상화시켜서는 안 된다'고 주장했지만 사람들의 행복과 불행은 내가 쓰는 기사의 내용에 불과했다. '불행은 늘 자신에게 가장 가까운 사람, 그것도 가장 사랑하는 사람에게 온다'는 말이 사고를 당하고 나니 새삼 실감 났다. 개인소득 2만 달러, 교역량 11위의 경제대국에서 입원할 병실이 없어 유령처럼 전국을 떠돌아야 하는 것이 우리의 현실이었다.

나중에 안 일이지만 국내 병원들은 재활병동과 재활의학과를 개설하는 것을 꺼리고 있었다. 이유는 돈이 안 되기 때문이다. 응급환자나 외과환자의 경우 각종 수술과 검진을 통해 높은 의료비를 받을 수 있지만 재활환자의 경우, 응급 상황을 거쳤기 때문에 병원에서 별로 해줄 것이 없었다. 싼 의료수가에 비해 물리치료나 작업치료 등 모든 것을 비싼 인건비에 의존해야 하는 재활병원은 적자투성이였다. 대표적인 민간 재활병원인 신촌세브란스 재활병원조차 매달 5억 원 이상의 적자가 나고 있다. 세브란스 병원이야 다른 병동에서 거둔 수익으로 재활병원의 적자를 감당할 수 있지만 다른 병원은 섣불리 나설 수 없는 구조였다. 정부로부터 재정

지원을 받는 서울대병원조차 재활병동을 운영하지 않고 있다. 국립병원이 외면하는 상황에서 대기업이나 대학이 운영하는 병원이 적자가 불을 보듯 뻔한 재활병원을 세울 이유가 없었다.

여기저기 쫓아다닌 끝에 아내는 2주일 만에 1인실에 입원할 수 있었다. 며칠 후 보험이 적용되는 5인실로 옮길 수 있었지만 한국 병원의 문턱은 높기만 했다.

병원에서의 전쟁이 시작되었다. 말이 병실이지 당시 5인실은 난민 수용소와 다름없었다. 좁은 공간에 환자뿐 아니라 보호자나 간병인 등 보통 열 명이 넘는 사람들이 24시간 함께 생활한다는 것은 고역이 아닐 수 없었다. 아비규환이 따로 없었다. 밤낮으로 방문객이 끊이지 않고 병실 TV는 아침부터 밤늦게까지 왕왕거렸다. TV를 끄자고 제안했다가 "아저씨는 잠깐 병원에 계시지만 우리는 몇 년째 이곳에서 생활하고 있다"며 간병인 아주머니에게 면박을 당하기도 했다.

오랜 병원 생활에 지친 환자 가족과 간병인은 생활비를 아끼기 위해 음식을 직접 해 먹었다. 이 때문에 병실에서 음식 냄새가 사라지지 않았다. 환자들은 산책할 곳이 없어 병원 로비를 서성이고 하루 종일 창문에 매달려 지냈다. 병원은 늘 간병인과 방문객으로 넘쳐났다. 아내는 사람을 피해 모두가 잠든 새벽 시간에 복도에서 걷는 연습을 해야 했다.

'긴 병에 효자 없다'고 오랜 병원 생활로 인해 부모 자식과 형제 간에도 사이가 벌어지고 결국 원수가 된다고 하지 않던가. 많이 친절해졌다고는 하지만 의료진이 해주는 것은 환자에게 주사를 놓아주거나 환자복을 전해주는 것이 고작이었다. 모든 것이 가족과 간병인의 몫이었다. 그럼에도 불구하고 병원 측은 인력 부족으로 절절맸다.

하루는 퇴근 후 병실을 찾아가니 아내가 파김치가 되어 있었다. "무슨 일 있었어?" "아니에요. 조금 피곤해요." 무슨 일이 있었느냐고 재촉하자 아내는 결국 낮에 일어난 일을 얘기했다. 점심을 먹고 쉬고 있는데 한 떼의 사람들이 병실로 몰아닥쳤다. 같은 병실에 있는 환자가 다니는 교회의 교인들이었다. 다른 환자와 보호자들은 이들을 보자 무슨 대피 훈련이라도 하듯 부리나케 도망가기 시작했다. 혼자 움직일 수 없었던 아내는 어리둥절한 표정만 지었다고 한다. 잠시 후 10여 명의 교인들이 병실 한가운데 엎드려 기괴한 소리를 지르며 한 시간 넘게 통성기도를 했다는 것이다. 난생 처음 이상한 광경을 목격한 아내는 처음부터 끝까지 그 괴성을 들어야 했다. 미칠 노릇이었다. 가뜩이나 안정이 필요한 아내는 충격으로 기진맥진한 상태였다.

나는 원장실로 달려갔다. "오늘 병실에 교인들이 찾아와서 한 시간 넘게 울부짖었다고 합니다. 왜 병원에서 제지하지 않습니까?" 내 목소리가 높아졌다. "시도 때도 없이 방문객이 들이닥치고 어디 쉴 만한 곳이 없으니 나을 병도 덧나겠다"고 불만을 토로했다. 원장 선생님은 묵묵히 듣더니 말했다. "선생님이 느꼈을 분노를 이해합니다. 몇 년 전 부임했을 때 저도 병원 상황을 이해할 수 없었습니다." 10여 년간 미국 병원에서 일하다 돌아온 그는 한국 병원의 현실이 얼마나 열악한지 절감하고 구조를 고치기 위해 노력했지만 한 개인의 힘으로는 될 수 없었다고 설명했다. "재활 병원에 오려는 분들은 모든 재산을 팔아서라도 치료받길 원합니다. 원장실이라도 개조해 병실을 하나 더 만들어야 할 정도로 현실이 열악합니다. 병원에 입원한 환자는 그나마 행복한 사람들입니다."

아내의 옆 병실에는 언론사 편집국장을 지낸 대선배가 입원하고 있었다. 그는 뇌졸중으로 쓰러진 뒤 수술을 받았지만 몸을 움직이는 것은 물론 말하는 것조차 자유롭지 못했다. 뇌졸중의 후유증도 심했지만 '내가 왜 이런 불행을 당해야 하나?' 하는 분노를 삭이지 못했다. 어느 날은 나를 붙잡고 하소연하기도 했다. 사실 그는 편집국을 뛰어다니며 기사의 경중을 결정하고 후배들과 논쟁을 벌이고 있어야 할 사람이었다. 원고지 열 장 분량의 기사를 한 시간에 쓸 정도로 문재文才가 뛰어나고, 말술을 앞에 놓고 밤새 토론을 즐기던 그였다. 하지만 정작 자신이 전하고자 하는 말조차 제대로 발음하지 못했다. 부인과 간병인에게 모든 것을 의지해야 하는 현실이 자신뿐 아니라 그를 바라보는 사람까지도 고통스럽게 했다.

누구든 한치 앞을 내다볼 수 없는 것이 우리의 삶이라는 사실에 오싹한 한기를 느꼈다. 나는 그에게 이제는 현실을 받아들여야 한다고, 건강한 시절은 지나간 과거고 이제 정신을 차리고 걷는 운동을 하시라고 말하면서도 '내가 과연 그가 가진 고통의 절반이나 이해하는 것일까' 하는 의문이 들었다. 준비조차 없이 한순간에 맞닥뜨리는 절망은 어째서 이토록 가혹한 것인지…….

하루는 입원한 아내에게 조심스럽게 말을 꺼냈다. "우리가 영국과 독일의 재활병원을 경험했잖아? 나중에 우리가 경험한 대로 환자의 부름에 늘 응답하고, 환자를 인격체로 대하는 작고 아름다운 병원을 하나 만들면 어떨까?" 아내가 화답했다. "그래요. 정말 그런 병원이 하나 있었으면 좋겠어요."

그때 내게 꿈이 생겼다. 의료진이 24시간 환자를 가족처럼 보살피는 병원, 콘크리트 빌딩에 환자가 갇혀 있는 병원이 아니라 마치 내 집 같은 목조주택에서, 푸른 잔디와 오솔길을 거닐며 안정을 취할 수 있는 작은 병원을 만들어야겠다는 꿈 말이다. 나는 그 길로 우리가 살던 시내의 아파트를 팔고 일산 외곽에 토지를 구입해 목조주택을 짓기 시작했다. 성석동에 있는 푸르메마을이었다. 마을길과 집 현관을 데크로 연결했고 집 안의 문턱을 없애 휠체어가 자유롭게 다닐 수 있도록 설계했다. 나는 장애인에게 편리한 집은 비장애인에게는 더 편리하다는 것을 보여주고 싶었다.

당시 새롭게 출범한 아름다운재단이 가난한 이웃에 내 것을 나눔으로써 함께하는 사회를 만들자고 외치기 시작했다. 아름다운재단은 일반 시민의 참여를 촉구하면서 기업과 언론을 상대로 여러 가지 의욕적인 활동을 벌이면서 나눔을 우리 사회의 새로운 '화두'로 끌어올리고 있었다. 그 중심에 박원순 변호사님이 있었다. 짧은 기간이었지만 나는 참여연대를 취재하고 그곳에서 발간하는 잡지의 편집에 참여하면서 박 변호사님과 인연을 맺었다.

아내가 퇴원하자 우리 부부는 안국동으로 박 변호사님을 찾아갔다. "가족 모두 건강하시지요? 우리가 사고를 당하고 유럽 재활병원을 경험한 뒤 귀국해보니까, 우리 재활병원이 너무 열악합니다. 가난한 사람들을 위한 나눔사업도 중요하지만 가장 열악한 환경에 있는 장애환자를 위한 재활전문병원의 건립을 아름다운재단에서 추진했으면 합니다."

하지만 박 변호사님은 "아름다운재단이 배분을 목적으로 건립되었기 때문에 갑자기 목적 사업이 다른 병원 건립을 추진하기는 어려울 뿐 아니라 자칫 오해를 받을 수도 있습니다. 백 기자가 시간을 가지고 추진해보세요. 내가 측면에서 적극 돕겠습니다"라고 말했다. 이때부터 나는 서울시와 보건복지부를 찾아다니며 병원 건립 방법을 모색하기 시작했다. 그러나 병원을 만들기 위해서는 병원 부지와 건립비, 의료진이 확보되어 있어야 했다. 당장은 불가능한 일이었다.

나는 방법을 바꾸기로 했다. 의료법인의 전단계로 재단법인을 세우는 것이 쉽지는 않지만 가능할 것 같았다. 재단을 설립하기 위해서는 우선 재단의 주인인 재산과 그동안의 실적이 필요했다. 나는 재산을 만들어보기로 결심했고, 이때부터는 자면서도 창업을 구상했다.

국내 최초 하우스맥주 전문점의 탄생

우연히 전화로 안부를 묻다 재정경제부 직원으로부터 소규모 맥주양조(마이크로브루어리)가 2002년 월드컵을 앞두고 허가가 난다는 소식을 들었다. 이거다 싶었다. 독일에 있을 때 친하게 지냈던 방호권이 생각났다. 아내가 한인 성당에 다니던 시절, 나는 성당 앞 맥줏집에서 미사가 끝나길 기다리곤 했다. 하루는 키가 190센티미터에 가까운 동양인이 나에게 한인 성당이 어디 있느냐고 물었다. 한눈에도 그가 독일에 도착한 유학생임을 알 수 있었다. 나는 그에게 곧 미사가 끝날 시간이라고 말한 뒤 무슨 공부를 할 것인지 물었다. 한국에서 대학 졸업식도 하지 않은 채 맥주양조학을 공부하기 위해 유학 온 그가 참 대단하다고 생각했다. 그날의 만남 후 나는 집으로 그를 초대해 유학생들과 함께 한국 음식을 먹기도 했고, 그는 실습 중인 작은 맥주회사로 초대해 자신이 만든 맥주를 대접하기도 했다.

방호권은 한국에 가면 프리미엄 맥주회사를 만들자는 제안을 한 적이 있었다. 그때는 그저 웃으며 "난 기자가 천직이에요. 호권 씨가 귀국해서 정말 맛있는 맥주회사를 하나 차려보세요"라고 말했었다. 그는 뮌헨 공대에서 맥주양조학 마이스터(전문양조사)와 디프롬 엔지니어(석사) 과정을 마치고 논문을 쓰고 있었다.

CBS 경제부 기자였던 후배 이원식(현 옥토버훼스트 대표)에게도 조심스럽게 이런 구상을 내비쳤다. 그는 대찬성이었다. 재단의 종자

돈을 만들겠다는 내 목표와 미국의 새뮤얼 애덤스 같은 프리미엄 맥주회사를 만들겠다는 이원식의 포부, 우리나라에서 가장 맛있는 맥주를 만들겠다는 방호권의 바람이 합해져 우리 세 사람은 맥주 사업에 뛰어들었다.

'기자와 경찰관은 사업을 하면 망한다'는 말이 있다. 기자와 경찰관 돈은 먼저 본 사람이 임자라는 농담도 있다. 사실 사회를 둘러봐도 기자 출신으로 성공한 사람은 국회의원과 대기업 홍보 임원이 고작이다. 남들이 보면 기자가 사회를 가장 많이 알고 적응력이 뛰어날 것 같지만 실제로 자기 분야 외에는 문외한인 '헛똑똑이'인 경우가 많다.

나 역시 10여 년간 기자 생활을 해왔으니 예외일 수 없었다. 나름대로 괜찮다는 신문사를 박차고 나와 뜬금없이 사업을 시작한다니 남들 보기에는 물가에 풀어놓은 아이 같았을 것이다. 20년이 넘게 포목점을 하셨던 아버지는 "경기도 안 좋은데 사업이 말처럼 쉽지 않다. 네가 기자인 것을 자랑스럽게 생각해왔는데 왜 이러니……" 하고 말리셨고 아내는 "당신은 10여 년간 글만 써왔는데 갑자기 사업을 한다니 너무 큰 모험이에요. 그냥 당신에게 맞는 직장에 다니며 살아요. 굳이 나서서 돈을 벌어야 할 이유가 없어요"라며 눈물로 호소했다. 취재를 하다 만난 한 기업가는 "곱게 살아온 분이 왜 험한 일을 하려는 겁니까" 하고 말렸지만 나는 미련 없이 사표를 냈다.

주변 사람들도 모두 입을 다물지 못했다. 잘나가던 자영업들도 하나둘 문을 닫고 있는 판국에 전혀 듣도 보도 못한 소규모 맥주를 제조하는 마이크로브루어리 사업이라니 할 말이 없었을 것이다. 자기 돈으로 하는 것도 아니고 주위에서 30억 원 가까운 돈을 투자받아 하겠다니 영락없는 미친놈 취급을 당했다. 세상살이에 익숙하지 않고 늘 어눌했던 나에게 과연 사업적 수완과 재능이 있는지조차 스스로 확인할 수 없었다. 하지만 그때 결정하지 않으면 기회가 없었다. 사실 사표를 내기 전 적지 않은 고민을 했다. 아름다운 재활병원을 만들겠다고 한 아내와의 약속을 내가 과연 지킬 수 있을 것인지, 월급과 나중에 받을 피해보상금으로 아내에게 좋은 치료를 받게 하면 될 일이지 병원 분야에 아무런 지식도 없는 내가 이 일을 하는 것이 과연 옳은지 말이다.

하지만 그것은 아내와의 약속일 뿐 아니라 병상에서 죽어가던 아내를 위해 기도했던 수많은 사람들과의 약속이라는 생각이 들었다. 그렇게 간곡하게 아내를 살려달라고 간구했던 내 모습과 이역만리에 있는 얼굴도 모르는 우리 부부를 위해 밤새워 기도했던 유럽 내 한인 교인들에 대한 도리가 아닐까. 아내와 같은 불의의 사고를 겪게 될 사람들이 앞서간 한 사람의 경험과 노력으로 같은 고통을 겪지 않아도 된다면 그보다 의미 있는 일이 어디에 있을까. 사표를 내기로 결심한 순간 나는 우리 가족에게 향했던 그 수많은 손길들을 생각했다.

그동안 직장생활만 해왔지만 열심히 하면 큰돈을 벌 수 있을 거 같았다. 이왕이면 내가 좋아하는, 독일에서 즐겼던 맥주와 관련된 사업을 해보고 싶었다. 한국에서 가장 맥주를 맛있게 만들 수 있는 사람 방호권과, 나와 뜻을 같이하는 후배인 이원식이 내 곁에 있었다. 우리는 사업을 할 바에는 한국 최고의 맥주를 만들자고 다짐했다.

우리는 내가 아는 친구의 사무실 한 구석에 책상을 놓고 일을 시작했다. 고교 친구와 지인들을 찾아다니며 '국내에 처음 도입되는 소규모 맥주사업이 리스크도 크지만 그만큼 가능성도 있다'고 설득했다. "잘 다니던 직장 때려치우고 너 미쳤냐?"고 걱정하는 친구들도 있었지만 가능성 하나만 믿고 투자를 해준 고마운 선후배도 있었다. 그렇게 59명이 5천만 원씩 총 28억 원을 투자해 우리는 서울 강남역 인근에 국내 최초의 하우스맥주 전문점 '옥토버훼스트' 1호점을 열 수 있었다. 사표를 낸 지 8개월 만이었다.

맥주제조허가를 받기 위해 60여 가지의 서류를 들고 뛰어다니면서 관공서의 말단 직원이 얼마나 무서운지 처음 알게 되었다. 회사를 경영하고 직원들에게 월급을 주는 것이 얼마나 어려운 일인지도 절감했다. 사업을 하면서 깨달은 것은 아이템과 입지도 중요하지만, 일에 대한 열정과 함께 일하는 사람과의 팀워크가 무엇보다 중요하다는 것이다. 그런 점에서 경제부 기자를 오래했고 경영학을 전공한 이원식과 맥주양조 전문가인 방호권과 일하는 것은 커다란 행운이었다.

다행히 사업은 망하지 않고 옥토버훼스트 강남점을 낸 지 일년 만에 추가 투자를 받아 종로1가 청진동에 2호점을 낼 수 있었다.

그리고 신촌과 마포점까지 이어졌다. 처음 일을 벌이겠다고 나섰을 때 우리를 만류하던 분들이 우리의 사업을 새롭게 평가할 때가 제일 자랑스러운 순간이었다. 나를 믿고 아파트 전세금을 기꺼이 투자해준 선배, 새로운 맥주의 맛을 알리기 위해 발 벗고 나서준 많은 분들을 생각하면 고개가 절로 숙여진다. 마흔 살이 되기 전에 모험에 뛰어든 것은 정말 잘한 일이었다.

그즈음 가해자 측 보험회사로부터 아내가 사용할 전동휠체어와 의족 구입을 위한 '우선피해보상금' 1억 원이 도착했다. 나와 아내는 우선피해보상금 1억 원과 내가 소유한 옥토버훼스트 지분을 기본재산으로 보건복지부에 재단설립허가를 요청했다. 재단의 이름은 목조주택을 지어 살고 있는 푸르메마을에서 이름을 따와 '푸르메재단'이라고 지었다.

푸르메재단의 닻을 올리다

사업이 3년째 접어들면서 '이제 망하지 않을 것'이라는 자신감이 생겼다. 기존의 대형 맥주회사와 똑같은 맛 대신 효모가 살아 있는 새로운 맛으로 승부하면서 '옥토버훼스트'하면 프리미엄 맥주, 맛있는 맥주로 평가받기 시작했다. 대전에서 회사를 다닌다는 한 고객은 '서울로 출장간다'는 이유를 대고 우리 맥주를 맛보기 위해 찾아왔다. 그는 한 시간 넘게 기다린 끝에 맥주를 주문했는데 '옥토버' 맥주가 동났다는 설명을 듣자, 직원의 멱살을 잡았다. "내가 산 넘고 물 건너 어떻게 여기까지 왔는데……"하면서 말이다.

회사가 어느 정도 기반을 잡았다고 생각되자 나는 재단 건립을 위해 조금씩 움직이기 시작했다. 무엇보다 장애인 문제에 애정을 가지고 병원 건립에 힘을 모아주실 분들이 필요했다. 박원순 변호사님과 당시 기자협회장이던 한겨레신문사의 이상기 선배를 찾아갔다. 박 변호사님은 "이왕 재단을 설립하려면 지금부터 준비하는 것이 좋겠다"고 말씀하셨고, 이 선배는 "각계를 대표하면서 사회적으로 신망이 높은 분들을 모시라"고 조언했다.

재단 이사장으로는 종교계뿐 아니라 우리 사회의 어른이신 김성수 성공회대 총장님을 모시기로 했다. 이사로는 청소년 문제에 열정을 바치고 계신 강지원 변호사님과 성철 스님의 상좌이시고 불교 청소년단체를 이끌고 계신 원택 스님, 서강대 김용해 신부님, 박원순 변호사님, 조인숙 다리건축 대표를 모셨다. 내가 몸담았던 언론계에서는 안국정 SBS 사장, 이정식 CBS 사장, 김성구 샘터사 사장, 이상기 기자협회장이 이사로 선임되었다. 나중에 동아일보사 김학준 회장께서도 흔쾌히 동참하셨다. 나는 차례로 한 분씩 찾아뵈었다. 모두 바쁘신 분들이라 설명할 시간이 많지 않았다. 나는 우리 가족이 외국에서 겪은 경험과 장애인이 되면 하루아침에 나락으로 떨어지는 현실을 설명하고 이사직 수락을 간절히 요청했다. 처음부터 승낙하신 분도 있고 주저하다가 내 얘기를 듣고는 눈물을 흘리며 흔쾌히 손을 잡아주신 분도 있었다. 다행히 모두 동의하셨다.

하지만 김성수 총장님은 쉽게 허락하지 않으셨다. 김 총장님은

1973년 정신장애 어린이 특수학교인 '성베드로학교' 를 성공회대 안에 만드셨고 유산으로 받으신 강화도 온수리 땅에 정신지체 장애인 공동체인 '우리 마을' 을 건립하는 등 사회적 약자인 장애인을 위해 온 힘을 쏟고 계셨다. 어렵게 요청드렸지만 "사회연대은행과 성베드로학교 등 맡은 단체도 제대로 건사하지 못하는데 푸르메재단까지 너무 버겁습니다" 하고 단호하게 거절하셨다. 낭패가 아닐 수 없었다. 하지만 이대로 물러설 순 없었다. 고심 끝에 성공회대에 재직 중인 진영종, 조효제 교수에게 SOS를 보냈다. 두 분은 총장님을 설득하기 위해 아예 총장실을 점거한 채 농성을 하다시피 했다. 그러기를 이틀째, 휴대폰 벨이 울렸다. 진영종 선배였다. "경학아! 축하한다. 드디어 김 총장님께서 백기를 드셨다."

2004년 8월 17일 한국프레스센터 19층에서 작은 모임이 열렸다. 푸르메재단의 창립발기인대회였다. 김성수 총장님을 비롯해 강지원, 박원순 변호사님 등 모두 열한 분이 이사로 위촉되었다. 김 총장님은 상기된 표정으로 "작은 물방울이 모여 강물을 이루고, 조그만 벽돌이 모여 거대한 성채를 이루듯 장애환자를 위한 아름다운 재활전문병원을 건립할 때까지 앞만 보고 뚜벅뚜벅 걸어가자"고 당부하셨다. 드디어 나와 아내가 꿈꿔오던 재활전문병원을 만들기 위한 '푸르메재단' 이 닻을 올린 것이다. 아내는 그날 밤 감격의 눈물을 흘렸다. 자신의 다리가 수많은 다리로 재생할 것을 믿으면서 말이다.

발기인대회를 마치자 재단 설립을 서두르기 시작했다. 정관을 비롯해 이사진의 이력서, 인감증명서, 취임승락서, 의사록 등 서류가 갖추어지자 나는 보건복지부 담당 부서를 찾아갔다. 발 벗고 도와주리라 기대하진 않았지만 담당자를 만나자 실망감과 분노가 치밀었다.

담당자는 '돈도 없이 무슨 재단을 세우려고 하느냐?'는 투로 "사업비의 절반에 해당하는 기본재산이 있어야 재단설립허가를 내줄 수 있다"는 반응이었다. "대기업이 수백억 원을 출연한 재단만 재단이냐. 우리는 빈손에 가까운 3억 원으로 시작하지만 정말 장애환자들이 필요한 일을 하겠다"고 설득했지만 '허가를 받기 어렵다'는 말만 되풀이했다. 일부 재단들이 내부 운영을 엉터리로 하고 정부에 재정 지원을 요청하면서 허가 조건이 더욱 까다로워졌다는 것이다. 담당자는 "푸르메재단의 설립 취지는 이해하지만 기본재산이 최소한 10억 원이 넘어야 하며 이사진 수와 정관의 문구까지도 보건복지부에서 지시한 대로 수정해야 허가를 검토할 수 있다"고 으름장을 놓았다.

관청의 문턱이 높다는 것은 알았지만 한숨이 나왔다. 인허가권을 쥐고 있는 관청 앞에 민원인이 왜 작아질 수밖에 없는지 이해가 갔다. 김성수 총장님과 강지원 변호사님을 찾아 상의드렸지만 별 뾰족한 대안이 있을 리 없었다. 시름에 잠겨 있던 나를 보고 아내가 제안했다. "피해보상금을 받으면 그중 절반을 재단에 출연하면 되잖아요?"

'환상통'을 넘어서

내가 가입한 독일 보험회사에서는 사고 직후 아내의 소송을 위해 스코틀랜드 현지 변호사와 독일 변호사 두 사람을 선임해주었다. 아내가 일년 동안 독일 병원에서 재활치료를 받은 뒤 1999년 말 귀국하면서 나는 독일 보험회사에 한국인 국제변호사가 필요하다고 지원을 요청했다. 하지만 독일 보험회사는 한국이 유럽연합EU 국가가 아니기 때문에 변호사를 지원할 수 없다고 했다. 아내를 위해 일해줄 한국인 변호사가 없다면 사건의 해결은 물론 피해보상조차 어려울 수밖에 없었다.

고민 끝에 나는 부천에서 오랫동안 노동자 변론 활동을 해온 이양원 선배를 찾아갔다. "언제 소송이 끝날지 모르지만 우리 사건을 맡아줄 국제변호사가 필요합니다." 이 선배는 즉석에서 적임자를 소개해주었다. 이양원 선배가 소개한 사람은 법무법인 광장의 안용석, 장우영 변호사였다. 두 사람은 M&A 분야의 전문가였다. 안용석 변호사는 우리 부부를 보자 "제 누님도 대학을 졸업하고 인도에서 봉사활동을 하다가 숨지는 불행을 당했습니다. 누구보다 두 분의 아픔을 이해합니다. 마음에서 우러나와 일하는 만큼 수임료는 받지 않겠습니다. 하지만 소송이 20년이 걸릴 수도 있고 최악의 경우 피해보상을 받을 수 없다는 각오를 하십시오." 그는 진심으로 우리 부부의 불행을 위로하면서 마음을 강하게 먹을 것을 요구했다.

우리 부부는 상대측 보험회사인 콘힐 알리안츠와 8년 동안 소송을 벌였다. 소송에 합의한 직후 사례를 위해 안용석 변호사를 찾아갔지만 그는 끝내 수임료를 받지 않았다. 아내가 피해보상금의 절반을 재활전문병원 건립기금으로 기부하겠다는 뜻을 밝힌 만큼 자신들의 수임료도 좋은 뜻에 포함시켜달라고 했다. 안 변호사는 "저는 피해보상을 받지 못할까 마음을 졸였습니다. 하지만 모든 것이 순조롭게 끝나 다행입니다. 살다보니 이렇게 행복한 날도 오는군요"라며 활짝 웃었다. 우리는 그동안 고생한 두 변호사의 손을 잡고 놓지 못했다.

불과 얼마 전까지만 해도 우리 부부는 가해자 측 콘힐 알리안츠와 지루한 싸움으로 지칠 대로 지쳐 있었다. 8년이라는 시간은 우리에겐 지루한 장마였다. 잊을 만하면 사고와 관련된 서류와 증명서를 보내달라고 요구했다. 얼마나 많은 서류를 요구했는지 영국에 보낸 것만 해도 4천 페이지가 넘었고, 바인더 파일이 열 개나 되었다. 한 해에도 몇 번씩 나와 딸애에 대한 건강증명서를 비롯해 아내가 서울시청에 복직했을 때 받을 수 있는 봉급표 등을 요구했다. 한 번도 아니고 시도 때도 없이 요구하는 바람에 몹시 화가 났었다. 그렇다고 안 보낼 수도 없는 노릇이었다.

아내가 근무했던 서울시청에 염치없이 찾아갔지만 같이 일했던 동료들은 두말없이 아내와 같은 직급인 직원의 봉급표를 만들어주었다. 주치의였던 신촌세브란스 재활병원의 신지철 교수님은 긴급하다고 연락을 하면 지방 출장 중에도 돌아와 진단서를 만

들어줄 정도로 너무 많은 수고를 했다.

아내는 영국으로부터 연락이 올 때마다 심리적으로 심한 고통을 받았다. 교통사고는 피해자의 육체뿐 아니라 정신을 황폐하게 만들었다. 아내는 매일 네 시간씩 집 안팎에서 걷는 운동을 한 덕분인지 지팡이 두 개로 평지를 걸을 수 있을 정도로 상태가 좋아졌다. 하지만 영국에서 연락이 왔다는 소식만 들으면 온몸을 부들부들 떨었고 밥도 먹지 못했다. 악몽이 되살아난 날에는 아무것도 할 수 없었다.

한 달에 두세 번 찾아오는 환상통(Phantom pain, 도깨비 통증)도 문제였다. 실제로는 다리가 없었지만 마치 다리에 전기충격을 가하는 것처럼 2~3초 간격으로 찾아오는 도깨비 통증에 아내는 밤새 비명을 지르고 눈물을 흘렸다. 때때로 구토할 정도로 심한 편두통과 손 떨림, 말더듬 증세도 교통사고의 후유증이었다. 교통사고는 시간이 지나면 다 나은 것처럼 보이지만, 그때부터 여러 가지 후유증이 나타나기 때문에 더 무서운 것인지도 모른다.

이런 상황을 아는지 모르는지 가해자 측 보험회사에서 시도 때도 없이 "황혜경 씨의 정신적·육체적 상태가 얼마나 회복됐는지, 객관적으로 증명할 수 있는 자료를 보내달라"고 요청했다. 안용석 변호사는 "한국 병원에서 더이상 해줄 것이 없고 두 달밖에 입원이 안 되기 때문에 집에서 재활훈련을 하고 있다"는 답장을 보냈다. 그러면 상대측에선 "병원이 더이상 해줄 것이 없다는 것은 거의 회복됐다는 것을 뜻하는데 왜 취업을 하지 않느냐"고 다그

쳤다. 그들은 한국의 현실을 이해하지 못했다.

계속되는 공방전도 참기 힘들었지만 사고를 낸 가해자와 보험회사가 8년이 지나도록 '미안하다'는 사과 한마디 하지 않는 것이 우리를 더 분노하게 만들었다. 책임 소재를 둘러싼 논쟁을 벌이면 벌일수록 그들에 대한 미움과 분노가 커졌다. 뉴스에서 '영국과 스코틀랜드'란 단어만 들어도 가슴에서 천불이 났다.

어느 날 아내가 심각한 표정으로 말했다. "더이상 그를 미워하지 말아요. 이제 용서할 때가 된 것 같아요. 그래야 우리가 편안하게 살 수 있어요." 처음에는 받아들이기 힘들었지만 시간이 지나면서 가해자에 대한 미움이 조금씩 잊혀져갔다.

분노가 사라져갈 즈음, 스코틀랜드 글래스고에서 법정이 열린다는 연락이 왔다. 나와 변호인단은 갑자기 자료를 준비하기 위해 분주해졌다. 개정 시한을 불과 보름 정도 앞두고 가해자 측 보험회사에서 처음으로 피해보상액을 제시했다. 50만 파운드, 우리 돈으로 약 9억 원이었다. 상대측은 보상액을 제시하면서 "당신들이 사고에 기여한 과실률을 적용할 경우, 이보다 훨씬 적은 금액이 될 것"이라며 "이것이 마지막 제안"이라고 위협했다. 나와 아내는 다시 한번 분노했다.

나는 편지를 썼다. "가해자가 사고를 낸 직후 구조대가 아닌 곳에 전화를 거는 장면을 비롯해 당시 정황을 담은 증거 사진을 가지고 있고, 우리는 피해보상을 못 받더라도 현지 법정에서 끝까지 시시비비를 가리겠다"는 내용이었다. 편지 내용이 효과가 있었는지, 아니면 법정까지 갈 경우 더 많은 비용과 시간이 들 것을 우려했는지, 상대측은 며칠 후 피해보상액을 두 배로 올려 100만 파운드를 제시했다.

우리 부부는 앞으로 몇 년간 지루하게 계속될 법정 소송을 벌이느냐 마느냐를 놓고 고심했다. 우리 측 스코틀랜드 변호사와 안용석 변호사는 두 팔을 걷고 말렸다. 소송에 승리하더라도 상처뿐인 승리가 될 가능성이 많다는 것이었다. 고심 끝에 결국 그쪽에서 제시한 피해보상 제안을 수락했다. 8년 동안 지루하게 계속된 싸움이 막을 내리는 순간이었다. 참으로 길고도 긴 여정이었다.

아내의 스코틀랜드 변호사로부터 소송을 종결한다는 연락을 받은 후, 아내와 함께 집 근처의 공원을 찾았다. 5월의 하늘이 눈부셨다. 영국 칼라일 병원의 응급실에서 아내가 생사를 넘나들 때 보았던 먹구름 대신 5월의 태양이 빛났다. 나와 아내는 "8년간 거대한 태풍 때문에 우리 가족의 뿌리가 뽑혀나갈 정도로 힘들었지만, 이제 모든 것을 잊고 새로운 삶을 시작하자"고 다짐했다. 다음 날 은행으로부터 피해보상액이 도착했다는 전화를 받았다. 아내는 다른 비용을 제외하고 보상액의 절반인 50만 파운드를 푸르메 재단에 내놓았다.

홍보대사가 되어주세요!

푸르메재단 설립허가를 위한 서류를 제출한 지 석 달이 지났지만 보건복지부 담당 부서에서는 이런저런 이유를 들어 허가는 고사하고 심사조차 하지 않았다. 기자 생활을 하며 통일부와 외교부, 서울시청 등 정부 부처를 출입해봤지만 복지부의 벽은 높기만 했다. 시간이 지연되자 푸르메재단에 관심을 가진 많은 분들이 측면에서 지원해주기 시작했다. 나는 김근태 당시 보건복지부 장관을 찾아가 눈물로 호소했다. 김 장관과 많은 분들이 관심을 가져주자 그동안 꼼짝 않던 실무자들이 비로소 조금씩 움직이기 시작했다. 밀고 당기는 실랑이 끝에 결국 2005년 3월 재단을 세워도 좋다는 설립허가가 떨어졌다.

재단이 설립되자 강지원 변호사님이 대표로 추대되었다. 그동안 청소년 문제에 천착穿鑿해오신 강 변호사님은 어머님이 뇌졸중으로 고생하시면서 '질병 앞에 인간이 얼마나 무력한지'를 절감하셨다고 했다. 변호사님은 흔쾌히 대표직을 수락하셨다. "내가 검사 시절부터 청소년 문제를 전공해왔는데 이제 장애환자와 재활병원 문제도 공부하게 되어서 적잖게 걱정이 돼요." 말씀은 그렇게 하셨지만 워낙 열정과 재능이 있는 분이라 나는 "변호사님, 한 달만 공부하시면 청소년 문제보다 훨씬 전문가가 되실 겁니다"라고 응원했다.

강 변호사님과 본격적으로 일을 하면서부터 나는 수시로 감탄했다. 거의 한 시간 간격으로 약속이 있지만 푸르메재단의 일이라면 만사 제쳐놓고 달려오셨다. "백 이사! 잠을 자려다 생각났는데 일단 기업의 홍보 책임자를 설득합시다." 밤 열한시건, 열두시건 아이디어가 떠오를 때마다 전화를 주셨다. 너무 바빠 재단 일을 잊고 계시다가 잠자리에 드시면 '푸르메재단'이 인생의 업보처럼 생각나시는 것인지도 모르겠다.

늘 온화함을 잃지 않으시고 격려해주시는 김성수 총장님과 일에 대한 열정으로 똘똘 뭉치신 강지원 변호사님 밑에서 지금껏 일하면서 '비록 푸르메재단이 갈 길은 멀지만, 분명 그 목적지에 도착할 것이다'라는 확신을 갖게 되었다.

재단이 설립되고 두번째로 한 일은 재단의 설립 취지와 장애환자의 현실을 알리기 위해 두 사람을 홍보대사로 위촉한 일이다.

푸르메재단의 홍보대사로는 대중적으로 잘 알려져 있으면서도 장애인의 처지와 아픔을 알리는 데 절실함을 갖고 있는 사람이면 좋을 것 같았다. 그런 사람을 물색하던 중 가수 강원래 씨와 이지선 씨가 눈에 들어왔다. 그룹 '클론'의 멤버로 10대의 아이돌이었던 강원래 씨는 2000년 오토바이를 타고 가다 불법 유턴 차량과 부딪혀 하반신 마비의 척수장애인이 되었다. 젊은 나이에 사고를 당한 그는 끝까지 포기하지 않고 집중적으로 재활훈련을 받은 뒤 다시 연예계로 돌아와 휠체어 댄스를 추기도 했고, 방송 진행자로 자리를 굳혀가고 있었다. 지금도 많은 사람들에게 감동을 주고 있는 이지선 씨는 이화여대 4학년이던 2000년 여름, 학교 도서관에서 공부를 마치고 오빠와 귀가하는 길에 교통사고를 당했다. 음주운전으로 사고를 내고 도주하던 차량이 지선 씨가 탄 차를 들이받으면서 자동차에 불이 붙었고 지선 씨는 전신의 55퍼센트에 화상을 당하는 극한 상황에서도 기적적으로 살아났다. 사고 이후 《지선아 사랑해》라는 책을 써 많은 사람들에게 강한 인상을 남겼던 지선 씨는 당시 미국 유학을 준비하고 있었다. 두 사람 모두 '인생의 쓴맛'을 경험한 사람들이었다.

'인생은 만남이며 그것은 두 번 다시 반복되지 않는다'는 말에 용기를 내서 무작정 두 사람에게 전화를 걸었다. 푸르메재단의 취지를 설명한 뒤 이제 막 재단이 세워져 많은 일들을 해야 하는 시점에서 홍보대사의 역할을 맡아달라고 호소했다. 다행히 두 사람은 흔쾌히 수락했다. 이후 소박한 홍보대사 위촉식을 거쳐 두 사람은 푸르메재단의 '얼굴'이 되었다. 하루아침에 찾아온 불행과 오랜 시간에 걸친 재활치료, 그리고 다시 삶의 현장으로 돌아온 그들의 모습만으로도 푸르메재단을 알릴 수 있게 되었다.

2005년에는 이들을 비롯해 김혜자 선생님, 박완서 선생님, 고故 장영희 교수님, 작가 고정욱 씨 등 스물세 명이 장애의 아픔을 이겨낸 내용의 원고를 한 편씩 기부해 에세이집《사는 게 맛있다》가 출간되기도 했다.

일년 중 며칠 되지 않을 것 같은 예쁜 날들이 계속되고 있는 봄입니다. 만발한 벚꽃을 배경으로 가족들과 사진 한 컷 찍으셨는지요. 아니라면 서두르세요. 놓치면 후회하실 겁니다. 뜻을 같이하는 사람들과 장애환자들을 치료하는 재단을 세우셨다니 너무 감사하고 행복한 일입니다. 물리치료학을 전공하고 있는 저로서는 그들의 고통을 누구보다 절실하게 느끼고 있습니다.

어느 날 편지 한 통을 받았다. 경기도에 있는 한 특공연대에 복무중인 최성환 이병이었다. 그는 늑대 같은 고참들의 눈을 피해 매일 피난처(화장실)에서 월간지〈샘터〉를 읽다가 우연히 내가 쓴 글을 보고 편지를 보냈다고 했다. 이후 우리의 교류는 그가 상병이 되고 병장이 될 때까지 계속되었다. 더이상 작아질 수 없는 깨알 같은 글씨로 쓴 그의 편지는 장애인 문제에서부터 재활병원, 성당을 다니는 그가 믿는 하느님과 여자 친구 문제 등 다양한 분야의 이야기로 확대되었다. 계급이 올라가면서 화장실에서 몰래 쓰던 편지를 내무반에서 쓰게 되면서 글씨도 조금 커졌고 편지지에 함께 묻어오던 냄새도 사라졌다. 성환 씨는 대학을 졸업한 후 재단에 입사해 모금팀 직원으로 활약하고 있다. 삼성에 근무하고 있는 유영인 씨도 내가 월간지 〈좋은생각〉에 쓴 글이 인연이 되어 삼성 내 푸르메재단을 후원하는 자원봉사단의 단장으로 활약하고 있다.

설립된 지 불과 일년 만에 푸르메재단은 장애인 100명의 삶을 표현한 사진 전시회를 비롯해 장애인 음악가와 인기가수가 함께 노래한 테마 콘서트, 저소득층 장애인과 외국인 노동자들에게 연탄을 배달하는 행사, 국내 최초의 장애인과 자원봉사자 90명의 판문점 방문 등 장애인과 비장애인이 함께하는 다양한 행사를 개최했다.

이렇게 크고 작은 행사를 시작하자 많은 사람들이 사무실에 찾아오기 시작했다. 상대측의 일방적인 잘못으로 할머니가 교통사고를 당했지만 아무런 보상을 받지 못해 발을 동동 구르고 있는 시골 할아버지부터 치료비를 부탁하는 중년 남성, 비누와 휴지 같은 생활용품을 생산하고 있는 장애인단체, 심지어 생활비를 지원해달라는 사람까지 나타났다. 한편 경제적 후원이나 재능을 기부하겠다는 따뜻한 손길도 끊이지 않았다.

아내의 교통사고로 많은 것을 잃었지만, 다시 생각해보면 나는 그동안 잊고 지냈던 많은 것들을 다시 얻게 되었다. 새삼 깨닫게 된 중요한 사실 하나는 우리 주위에는 선한 사람이 너무나 많다는 것이다. 매일 아침 신문과 방송을 통해 접하는 소식은 대부분 어두운 것들이었고 나 역시 기자 생활을 하면서 밝고 아름다운 기사보다는 어두운 문제점을 파헤치는 기사를 주로 썼던 것 같다. 어머니께서 살아생전 "잠만 깨면 접하는 무서운 소식으로 눈뜨기가 겁나는데, 네가 쓴 기사도 그 못지않게 무섭더구나"라는 말씀을 하신 적이 있다. 하지만 재단 활동을 하면서 세상에 악한 사람보다는 아름답고 선한 사람들이 더 많다는 것을 매일매일 절감하게 되었다.

나에게 내밀어준 수많은 손길들
―서울시장과의 만남

"인간을 위대하게 만들기도 하고, 하잘 것 없는 존재로 만들기도 하는 것은 그 사람이 세운 뜻에 달려 있다."

독일의 문호 프리드리히 쉴러의 말이다. 옥토버훼스트 종로점의 지하 사무실에 책상 두 개를 가져다놓고 푸르메재단 일을 시작했다. '내가 꿈꾸는 재활전문병원을 과연 세울 수 있을까' 하는 의문이 들 때마다 쉴러의 말을 떠올렸다. 그러면 불안이 사라지고 마음이 편안해졌다.

지킬 박사와 하이드 씨처럼 아침저녁으로 변신하며 한 사무실에서 두 가지 일을 했다. 오전에 출근을 하면 우선 옥토버훼스트 홀과 주방, 맥주 공장을 돌며 청소상태와 식재료를 점검했다. 사무실로 내려가 전날 매출을 확인하면 희비가 교차하는 가운데 나를 위해 기꺼이 투자해준 59명 투자자의 얼굴이 보이는 듯했다. 매출을 고민하다보면 어느덧 점심시간이 지나 있기 일쑤였다.

오후부터는 하이드 씨로 변신해 앞으로 세우게 될 푸르메병원을 상상하며 재단의 정관 초안을 만들고 국내 재활병원의 자료를 수집했다. 병원이 세워지는 것을 상상하는 것은 행복한 일이었지만 의사와 간호사, 치료사, 관리자를 잘 조화시키면서도 적자가 예상되는 병원을 잘 운영해나가는 것은 쉽지 않을 것 같았다.

제대로 된 병원을 만들기 위해서는 누구나 공감할 수 있는 병원의 정체성과 이념이 필요했다. 이와 관련해 세 가지 원칙을 세웠다. 첫째, 병원의 주인은 재단이나 의사, 간호사가 아니라 환자이고 환자가 중심이 되는 병원이 되어야 한다. 푸르메병원의 최대 목표는 환자를 집중적으로 치료해 하루빨리 사회로 복귀시키는 데 있고 이를 위해 병원의 모든 구성원은 최선을 다해야 한다. 의사의 권위적인 태도와 병원 관계자의 불친절한 말 한마디가 환자의 재활 의지를 꺾고 깊은 상처를 줄 수 있기 때문이다. 환자가 인격체로 대접받고 그 아픔과 고통이 존중받는 병원을 만들겠다. 둘째, 시내 한복판에 콘크리트 건물만 덩그렇게 서있는 병원이 아니라 푸른 숲에 둘러싸여 환자가 사색하고 가족과 산책할 수 있는, 그로써 마음의 안정을 찾을 수 있는 전원마을 같은 병원을 추구한다. 국내 병원 대부분은 산책은커녕 제대로 쉴 만한 벤치조차 없어 환자들이 길거리와 주차장을 서성이는 것이 현실이다. 셋째, 한순간에 입게 된 장애는 개인의 불행이 아니라 사회 전체의 문제로 여겨져야 한다. 이를 위해서 경제적인 어려움을 겪는 장애환자를 돕는 운동이 사회적인 차원에서 전개되어야 한다. 뜻을 함께하는 시민과 사회공헌기업의 노력으로 기금이 조성되고 그 기금이 가난한 사람들의 치료비로 사용되는 병원, 그런 아름다운 병원이 되어야 한다.

우리 사회에 이상적인 병원이 하나쯤 필요하다고 생각했다. 수많은 시행착오와 기회비용이 따르겠지만 그런 병원을 만들 수 있다는 확신이 들었다. 다른 지자체보다 서울시가 푸르메병원의 취지에 공감한다면 훨씬 빠르고 이상적인 형태로 지을 수 있을 것 같았다. 교통사고를 당하기 전 아내는 서울시 공무원이었고 사고를 계기로 푸르메재단이 탄생되었으며, 다른 곳보다 서울시에 환자가 가장 많이 밀집해 있으니 나름대로 명분이 있을 것 같았다. 기업가 출신의 이명박 전 시장은 재활병원 같은 공공사업은 민간을 통해 하는 것이 더 효율적이라는 유연한 사고를 할 수도 있지 않을까 하는 기대를 했다.

나는 서울시장과의 면담을 요청했다. 김성수 총장님과 강지원 변호사님, 김용해 신부님, 김성구 샘터사 사장님 등 재단 이사진이 총출동했다. 장애인 당사자의 입장에서 재활병원의 열악한 환경을 호소하는 것도 중요했기 때문에 출근길에 빗길 교통사고를 당해 척수장애인이 된 중앙병원 재활의학과 유종윤 교수와 강원래 씨, 이지선 씨가 함께했다.

당시 이명박 전 시장은 돌아오는 대통령 선거에서 유력한 한나라당 후보로 거론되고 있었다. 거대 야당의 대선 후보를 면담하는 자리인 만큼 기대되는 만남이었다. 시장이 가운데 앉고 압박이라도 하듯 재단 관계자들이 둘러앉았다. 서먹한 분위기를 깨고 연장자이신 김성수 총장님께서 먼저 말문을 여셨다. "우리 국민 중 10 퍼센트가 장애인입니다. 이중 지속적인 재활치료가 필요한 사람은 120만 명을 넘고 있지만 2퍼센트만이 입원 치료를 받고 있습니다. 병원 시설이 너무 부족합니다. 서울시에서 장애환자에 관심을 가져주십시오." 시장이 대답했다. "나도 대학 4년 동안 아르바이트로 새벽 거리를 청소하면서 환경미화원들이 다치고 장애인이 되는 것을 목격했기 때문에 시장이 된 후 내 월급을 그분들과 그 자녀들을 위해 사용하고 있습니다."

강원래 씨는 "어느 날 갑자기 닥친 불행으로 장애인이 되자 재활병원에 입원조차 하기 어려웠습니다"라며 당시 힘들었던 병원 생활을 설명했다. 강지원 대표는 "서울시가 공익적인 차원에서 병원 부지를 빌려준다면 재단에서 시민기업과 함께 새로운 형태의 병원을 지을 수 있습니다"라고 강조했다. 시장은 한동안 말을 않더니 배석했던 보건복지국장에게 병원 부지를 찾아보라고 지시했다. 그리고서는 최선을 다해 푸르메재단을 도울 수 있는 방법을 찾아보겠다고 했다. 그때 침묵을 지키고 있던 이지선 씨가 나섰다. "시장님이 푸르메재단이 추진하고 있는 재활병원의 부지를 확보하고 병원을 건립하는 것을 적극적으로 돕겠다고 말씀하셨는데, 다른 정치인처럼 잊지 말고 약속을 지키셨으면 좋겠습니다." 이명박 전 시장은 이에 정색을 하며 "나는 기억력이 좋기 때문에 걱정하지 말라"고 답했고 참석자들 모두 웃음을 터뜨렸다. 서울 시장이 나서준다면…… 희망이 조금씩 보이는 듯했다.

시장과의 면담 후 기대를 잔뜩 품고 서울시로 연락을 한 나는 '공무원은 공무원'이라는 말을 절감했다. 그날 배석했던 보건복지국장과 여러 번 시도 끝에 어렵게 통화가 되었다. 인사말부터 개운치 않았다. "지난번 시장님이 지시하신 푸르메병원 부지를 확인해보셨느냐"고 묻자 "아! 부지요. 그건 우리 소관이 아닙니다. 재무국에 알아보시면 됩니다." 귀찮은 기색이 역력했다. 다시 재무국장에게 전화를 걸었다. 그는 "아! 잘못 거셨네요. 그건 보건복지국 소관입니다" 하고 전화를 끊었다. 이런저런 이유로 자기 업무가 아니라고 떠넘기더니 결국 전화조차 받지 않았다.

참았던 화가 폭발했다. 서울시 시유지를 관리하고 있는 재산관리과를 찾아갔다. 담당자는 이봉화 과장이었다. 그녀는 내가 정황을 설명하자 미리 연습이라도 해둔 것처럼 답변했다. "빌려드리려 해도 빌려드릴 땅이 없습니다. 시장님이야 그렇게 말씀하실 수 있지만 모든 부지에 사용 목적이 정해져 있을 뿐 아니라, 더군다나 민간에 빌려드릴 근거가 없습니다. 시장님 지시라도 할 수 없습니다."

기대가 컸던 만큼 실망도 컸다. 화가 나서 밥조차 넘어가지 않았다. 정부와 지자체가 민간에 부지를 빌려준 사례를 찾아보았다. 재정경제부와 행정자치부에도 전화를 걸어 문의했더니 현재까지 학교나 다른 시설로는 가능하지만 특히 '재활병원 부지'로 빌려준 사례는 없으며 그럴 수 있는 근거 또한 없다는 답변이 돌아왔다. 하지만 뜻이 있는 곳에 길이 있지 않은가. 행정관련 규정과 조문을 찾다가 결국 장애인복지법에서 가능하다는 규정을 발견했다. 나에겐 큰 성과였지만 서울시는 이미 내부 협의를 거쳐 푸르메재단에 부지를 빌려줄 수 없다는 입장을 정리한 것 같았다.

시간이 지나면서 닫혔던 마음도 조금씩 열렸다. 속상함이 사라지면서 상황을 보다 객관적으로 넓게 봐야겠다는 생각을 했다. 무엇보다 재단이 힘이 있어야 했다. 취지에 동감해 각계 인사들이 발 벗고 나서 공신력을 얻게 된다면 공무원들은 없는 규정이라도 만들어서 도와주려 할 것이다.

조용한 기적을 꿈꾸다
– 작고 아름다운 재활병원이 건립되는 그날까지

목표가 정해졌으니 이제 앞만 보고 달리는 일만 남았지만 쉽지는 않았다. 발바닥에 땀이 나게 대기업 대표와 사회공헌팀을 찾아다니며 재활병원 건립을 호소했지만 지원을 이끌어내는 일은 만만치 않았다. 정부가 있는데 왜 기업이 민간병원의 건립비를 내느냐는 반응이었다. 국내 장애환자의 열악한 상황과 기업의 사회적인 책임성을 강조하면서 지원을 요청하면 단기간에 효과를 낼 수 있는 사업을 요구했다. 그들이 원하는 것은 한마디로 기업 홍보가 될 수 있는 사업이었다. 장애환자가 처한 상황과 절박성은 이해하지만 도와주고 안 도와주고는 기업의 선택이었다.

기업 홍보가 될 수 있느냐 없느냐가 관건이었다. 그러나 장애환자, 재활병원이란 주제는 한국 기업의 홍보 면에서 어려운 주제였다. 관계를 유지해왔던 대기업의 임원을 찾아가 도움을 청했지만 돌아온 것은 이번에도 역시 우아한 거절이었다. 새 정부가 정력적으로 추진하고 있는 미소금융재단과 사회적 일자리 창출을 위해 정부에서 요구하는 기금을 내는 것만도 허리가 휠 지경이라며 난색을 표했다. 정부가 요구하는 기금이 너무 늘어나 기존에 사회단체와 벌였던 사업을 줄이거나 진행 중인 사업마저 유지해야 할지 눈치를 보아야 할 형편이라는 것이었다. 뭐라 할 말이 없었다.

푸르메재단의 이념과 민간재활병원의 필요성을 공감해 쾌척하는 독지가가 한두 명만 나와 물꼬를 터주었으면 하는 마음이 간절했다. 푸르메재단에 대한 감동이 없으니 기부가 없는 게 당연한 일인지도 모른다는 생각이 들었다. 그렇다고 나타나지 않는 독지가를 마냥 기다릴 수도 없는 노릇이었다. 150병상 500억 원 가까운 기금이 드는 재활병원의 건립은 먼 미래의 꿈 그야말로 신포도였다. 아무리 발버둥을 쳐도 아직 때가 아닌 거라면, 작게나마 장애인을 도울 수 있는 병원을 세우는 것이 현명한 일인지도 모른다는 생각이 들었다. 그 병원을 통해 제대로 된 재활병원이 얼마나 필요한 것인지 사람들이 느끼게 된다면 그게 바로 지름길일 수 있었다.

그런 고민을 한참하고 있는데 한 통의 전화가 걸려왔다. "저는 오래전부터 한방을 통해 장애 어린이를 치료해오고 있는 한의사입니다. 푸르메재단에서 재활병원을 짓는다는 소식을 듣고 반가

워 전화를 드렸습니다." 그는 자신도 소아마비 장애를 갖고 있다
고 했다. 몇 년 전부터 수도권 장애 어린이 보육시설과 전국 장애
인복지관을 찾아다니며 한방 무료봉사를 해오고 있는데, 마음 놓
고 치료할 수 있는 곳을 찾는 중이라고 했다. 사흘 후 그가 목발을
짚은 채 사무실을 방문했다. 방배동에서 제법 규모가 큰 한의원을
운영하고 있는 허영진 원장이었다.

그가 말했다. "복지관과 보육시설을 다니며 치료를 하고 있지
만 혼자 힘으로는 역부족입니다. 너무 많은 어린이들이 기회를 놓
쳐 평생 누워서 살아가야 합니다. 재단에서 도와주십시오. 재단과
함께 어린이들을 치료했으면 좋겠습니다."

허영진 원장은 생후 9개월 때 경기驚氣의 후유증으로 목도 가누
지 못할 정도의 뇌성마비 증세가 나타났다고 했다. 그의 어머니가
어린 자식을 업고서 전국 방방곡곡을 누빈 끝에 연세 지긋한 한의
사의 손에서 기적이 일어났다. 커가면서 자신은 좋은 부모를 만나
목발을 짚고 다닐 수도 공부도 할 수 있었지만, 많은 장애아들이
방치되고 있는 것을 보면서 자신을 고쳐준 한의사 할아버지처럼
그들에게 도움을 주기로 결심했다고 한다. 결국 한의학 박사학위
를 받은 그는 8년째 전국을 돌며 무료봉사활동을 해오고 있었다.

허 원장이 머리를 숙이며 말했다. "재단에 장소만 만들어주십
시오. 제가 운영하는 한의원 문을 닫고서라도 어린 아이들의 병을
고치겠습니다." 나는 감동해 그의 손을 잡았다. "원장님! 고맙습
니다. 정말 고맙습니다. 사무실을 비워서라도 어린 아이들을 치료

하겠습니다."

나는 장애인에게 가장 절박한 치료가 무엇인지 여기저기 쫓아다니며 물어보았다. 그들이 가장 필요로 하는 것으로 외과수술일 거라고 생각했는데, 결과는 의외로 치과 치료였다. 의료보험이 적용되지 않아 꽤 많은 비용이 들 뿐더러 대부분의 치과가 건물 3, 4층에 위치해 장애인들은 접근조차 쉽지 않았다. 게다가 일반 치과를 찾아갔다가 두세 번 거절당하고 나면 아예 치료를 포기할 수밖에 없다고 했다.

이가 상해 음식물을 제대로 씹을 수 없는 것도 문제지만 영양분을 제때 섭취하지 못하면 중증 장애인에게는 또 다른 장애가 나타나는 경우가 많다. 교통사고로 몸이 불편해 치아를 관리하기 힘들게 되면 뇌성마비같이 몸이 뒤틀리거나 기력이 급속히 떨어지는 2차 장애가 나타나기도 한다.

언젠가 동창 모임에 나갔다가 장경수 원장을 만난 적이 있다. 그는 서울대학교 치과대학 교수로 일하다 학교생활에 염증을 느껴 최근 개업한 상태였다. 나는 다짜고짜 그에게 말했다. "경수야! 장애인들에게 가장 절실한 것이 치과더구나. 재단에서 치과를 세우고 네가 맡아서 운영해준다면 가난 때문에 치료를 받지 못하고 있는 장애인들에게 큰 도움이 될 것 같다. 푸르메재단과 함께 치과를 하나 만들어보지 않겠냐?"

대학 때는 물론 교수시절에도 여름이면 국내 장애인 시설과 해외 오지를 다니며 치과 봉사활동을 해왔던 그는 며칠만 시간을 달라고 했다. 새로 개업한 치과를 정상화시키는 것이 시급한 과제였기 때문이다. 며칠 후 전화선에 밝은 목소리가 실려왔다. "나도 꼭 한번 해보고 싶었던 일이야!"

재단에서 매일 장애환자를 만나고 이들을 돕는 장애인 치과를 만든다고 생각하니 가슴이 뛰었다. 하지만 사회공헌활동으로 유명한 기업들에서는 장애인 치과를 설립하자는 제안을 수락하기 어렵다는 대답만 돌아왔다. 다른 기업들은 이미 사회사업의 예산 배정을 끝냈다고 했다.

한창 속을 태우고 있는데 최영범 당시 SBS 정책부장으로부터 저녁을 함께 먹자는 연락이 왔다. 그는 내 고등학교 선배이자 동아일보사 선배이기도 했다. 내가 회사를 그만두고 돈을 벌겠다며 사표를 제출했을 때 누구보다 안타까워했던 그였다. 하지만 푸르메재단이 설립되자 적극적인 응원자가 되었다. 저녁 때 만난 최선배는 대뜸 SBS가 앞으로 사회공헌기금을 공익단체에 지원할 예정이니 푸르메재단에서도 잘할 수 있는 공익적인 사업을 제안해보라고 했다.

내 앞에 어떤 일들이 펼쳐질지 알 수 없기에 인생은 신비롭다. 무엇을 열망할 때마다, 그리고 위기의 고비마다 의인들이 줄지어 나타나 지쳐 쓰러진 나를 일으켜 세우고 다시 길을 걷게 했다. 허영진 원장과 장경수 원장, 그리고 최영범 선배 모두 나에게는 과분한 의인들이었다. 결국 강지원 변호사님이 발로 뛰어다니시고 제안서를 잘 만들어주서서 SBS로부터 5억 원의 사업기금을 배정

받았다.

치과 원장과 봉직 의사로 일하면서 쉬는 날 하루를 내어 치과 의료봉사를 할 수 있는 의사 열두 명이 모였다. 대부분 장경수 원장의 후배와 제자였다. 이제 사람은 모아졌으니 나는 치과 치료에 필요한 재료를 공급하는 회사와 틀니를 만드는 기공소를 찾아가 설득했다. 다행히 재료회사는 무상으로 재료를 지원하겠다고 약속했고, 기공소는 다른 치과보다 30퍼센트 저렴한 가격으로 공급계약을 맺었다. 허영진 원장은 자신이 운영하는 한의원에서 진료용 돌침대와 각종 치료기구, 심지어 병원용 냉장고까지 짊어지고 왔다. 6개월을 준비한 끝에 민간에서 처음으로 장애인 전용 '푸르메 나눔치과'와 '푸르메 한방어린이재활센터'가 2007년 7월과 9월에 각각 문을 열었다. 약침학회에서는 어려운 어린이들을 위해 2년 동안 5천만 원이 넘는 약침을 무료로 지원하기로 약속했고, 배우 안성기 씨와 고교 동창 차재준은 장애환자를 치료할 수 있는 유니트 체어(치과 치료용 의자)를 각각 한 대씩 기부해주었다.

푸르메 나눔치과 개원 후 재단이 더 많이 알려지면서 기부의 손길도 이어졌다. 카이스트 박사과정 중 실험실 폭발사고로 두 다리를 잃은 강지훈 씨가 수십억 원보다 소중한 '올해의 장애인상' 상금 1천만 원을 보내왔다. '파라다이스 사회봉사상'을 수상하신 김성수 성공회대 총장님께서도 상금 1천만 원을 흔쾌히 기부해주셨다. 기업으로서는 가장 먼저 신영증권에서 병원 건립기금으로

1억 원을 기부해준 것을 비롯해 각종 행사 때 운영비를 아끼고 아낀 끝에 재단 건립 3년 만에 재단의 재산이 20억 원을 넘어섰다. 아내가 먼저 기부해준 1억 원을 기본기금으로 출범한 것을 생각하면 정말 대단한 변화였다.

남은 일은 병원 부지에 병원을 건립하는 것이었다. 기금을 모으는 것은 정말 쉽지 않은 일이었지만, 사람이 모이고 그 안에 뜻이 모아진다면 절반은 성취한 것이라는 생각이 들었다. 병원 건립도 우리 사회를 대표하는 분들이 나서서 목소리를 내준다면 다른 차원으로 승화될 것 같았다. 나는 의학계와 사회단체를 중심으로 문화계·종교계·정치계·언론계·예술계 등 각 분야를 대표하는 분들께 건립위원으로 서명해줄 것을 요청했다.

기독교계와 불교계의 원로이신 박형규 목사님과 수덕사 주지 옹산 스님, 전재희 보건복지부 장관, 조무제 동아대 법대 교수님, 박창일 세브란스병원장, 작가 박완서 선생님과 탤런트 김혜자 선생님, 배우 안성기 씨와 작가 공지영 씨를 비롯해 전기사고로 두 팔을 잃은 석창우 화백과 네 손가락 피아니스트 이희아 씨 등 모두 250여 명이 건립위원으로 참여했다.

우리는 뜻을 같이하는 시민과 기업이 기금을 모으고 정부와 지자체에서 부지와 행정 지원을 통해 건립하는 제3섹터 방식으로 병원을 짓는 것을 목표로 했다. 지난번 서울시로부터 거절을 당했으니 이번에는 경기도가 나을 것 같았다. 나는 경기도에 병원 부지 제공을 요청했다. 도청과 제2청사가 있는 수원과 의정부를 여러 번 오간 끝에 작은 결실이 맺어졌다. 화성시에서 노인요양병원 건립을 준비하고 있는데, 부지를 넓게 확보해 푸르메병원에도 빌려주겠다고 했다. 드디어 병원을 지을 땅을 갖게 되는 것이었다.

나는 최영근 화성시장을 만났다. 경기도청 공무원 출신으로 재선인 최 시장은 장애인 복지사업에 열정이 대단했다. "조카가 몸이 불편합니다. 그 녀석이 지역사회에서 편하게 생활할 수 있는 시설이 없을까 고민하다 재활병원을 생각하게 됐습니다. 모쪼록 좋은 병원을 함께 지읍시다." 최 시장은 원대한 포부를 가지고 있었다. 잇따른 살인사건으로 영화 〈살인의 추억〉의 배경지가 되기도 했던 화성시를 문화복지도시로 탈바꿈시키는 것이 그의 꿈이었다. "장애인과 비장애인, 노인과 청년, 어린이 모두가 편하게 생활할 수 있는 유니버설 디자인을 화성시의 모든 시설에 적용하려고 합니다. 장기적으로는 바닷가를 메워 70만 평 규모의 송산그린시티를 복지타운으로 만드는 것입니다." 그는 이를 위해 일본 고베 시가 자랑하는 장애인 복지타운인 행복촌과 일본 내 장애인 시설을 여러 번 탐방했다.

화성시는 3천5백 평을 푸르메병원 건립 부지로 제공하고 재단에서는 여기에 150병상 규모의 병원을 지어서 운영하기로 합의했다. 2009년 4월 8일 한국프레스센터에서 250명의 각계 인사로 구성된 건립위원이 참가해 푸르메병원 건립을 선언했다. 엄홍길 대장과 나경은 MBC 아나운서, 장애인 유소년 수영 대표선수 김세진 군 등 세 사람도 이를 알리는 홍보대사로 위촉되었다.

땅도 확보되었으니 이제 남은 일은 병원을 잘 지으면 되는 것이다. 설계전문회사 간산파트너스에서 사회공헌 차원에서 최소한의 비용으로 설계를 책임지겠다고 나서 병원 건립이 가시화되고 있다. 하지만 병원 건립 비용은 주차장을 모두 지하로 넣고 수치요법(물의 온도에 의한 자극 등을 이용하여 질병을 다스리는 물리요법)을 할 수 있는 수水치료 시설과 직원 기숙사를 추가하면서 눈덩이처럼 늘어나고 있다. 간절하기 때문일까. 가끔 거액을 기부하겠다고 찾아온 할머니를 뵙고 너무 기뻐하는 꿈을 꾼다.

이런 말이 있다. 한 시간을 즐기고 행복하려면 낮잠을 자고, 하루를 즐기려면 낚시를 하고 한 달이 행복하려면 결혼을 해라. 그리고 일생이 행복하려면 푸르메재단을 도우라고 말이다. 나는 만나는 친구들에게 이 말을 인용하고는 이렇게 말한다. "지금까지 너와 네 가족을 위해 살아왔다면 앞으로 정년도 얼마 안 남았으니 이제부터는 다른 사람을 위해서 살아갈 제2의 인생을 준비해라. 그것이 가난과 장애라는 이중의 고통을 당하고 있는 사람을 위한 것이라면 더 의미가 있을 것 같다"고 말이다.

나는 푸르메병원이 건립될 때까지 쉬지 않고 달릴 생각이다. 병원 건립의 꿈이 이루어지면 건강하고 곱게 늙어서 병원을 찾은 손님들을 안내하고 병원 정원에 예쁜 꽃들을 심는 봉사활동을 하고 싶다. 하느님께서 내 아내에게 죽을 듯한 고통을 주시고, 그 고통 속에서 다시금 희망을 찾게 하신 것은 아마도 내가 지금 꿈꾸고 있는 그 길을 걷게 하려 하심이 아니었을까.

제2부

사람만이 희망이다

앨리슨 래퍼의 물음

독일에서 한국으로 돌아오기 얼마 전, 따뜻하고 화창한 주말을 택해 아내와 뮌헨 도심에 있는 백화점을 찾았다. 아내가 교통사고에서 회복된 후 첫 나들이였다. 그런데 웬일인지 그날 따라 뮌헨 시청 앞 광장과 백화점에 장애인들이 장사진을 이루고 있었다. 무슨 사단이 난 게 분명했다. 목발을 짚은 사람, 전동 휠체어를 탄 사람, 목도 제대로 가누지 못하는 장애인을 위해 온 가족이 출동한 경우도 있었다.

분위기가 심상치 않다고 느낀 우리 부부는 서둘러 물건을 샀다. 한국에서처럼 시위대를 전경이 에워싸고 실랑이라도 벌이게 된다면 낭패가 아닐 수 없었기 때문이다. 나는 조심스럽게 점원에게 물었다. "무슨 장애인 시위라도 있나요?" 점원은 이상하다는 듯 말했다. "이렇게 화창한 날에 집에 있을 장애인이 어디 있어요? 모두 소풍 나온 거예요." 나로서는 충격이 아닐 수 없었다.

3년 넘게 독일에 살았지만 교통사고 전까지는 내 눈에 장애인이 들어오지 않았다. 물론 한국에서도 휠체어를 탄 장애인을 백화점에서 본 적이 없었다. 그날 독일 장애인들의 시위(?)를 목격한 이후 붐비는 독일 지하철과 뮌헨 대학 식당과 도서관 서가에서, 담배 연기로 찌든 슈바빙의 흑맥줏집에도 장애인의 모습이 또렷이 보이기 시작했다. 너무도 많은 장애인이 도시를 활보하고 있었지만 그전까지는 미처 보지 못했던 것이다.

언젠가 두 팔과 두 다리를 사용할 수 없어 입으로 그림을 그리는 영국 출신의 구족화가 앨리슨 래퍼를 가수 강원래 씨와 같이 만날 기회가 있었다. 그녀는 팔다리가 짧고, 힘이 없는 해표지증海豹肢症이라는 장애를 지니고 있다. 어깨 아래로 팔과 손이 거의 발달하지 않아서 살아 있는 비너스라고도 불린다. 전동 휠체어를 타고 다니며 늘 주위의 도움을 받아야 하는 중증 장애인이지만 그림과 사진으로 세계적인 명성을 얻고 있다. 엘리슨 래퍼는 세계구족화가협회 회원이자 세계 여성상을 받은 불굴의 여성이다. 그녀는 약속 장소에 소매가 없는 화려한 원피스를 입고 나왔다.

내가 물었다. "당신은 중증 장애인인데 어떻게 유명해질 수 있었습니까?" 그녀는 영국 정부가 보모와 가정교사를 배치해 자신을 돌보고 대학까지 교육을 시켰으며 아들 '팰리스'를 낳고 직업 활동을 할 수 있었던 것도 영국 사회복지제도 덕분이라고 힘주어 대답했다.

"그런데 한국 장애인들은 어디 있나요? 쉽게 만날 수가 없네요?" 하고 그녀가 물었을 때 나는 참으로 부끄러웠다. 독일에서 산책 나온 장애인들을 보고 시위가 있느냐고 물었을 때처럼 부끄러웠다. 장애인들은 늘 그 자리에 있었지만 나는 아주 오랫 동안 그들을 제대로 보지 못했다는 자책감이 그 순간 또다시 밀려오며 한없이 부끄러웠다.

7시간 22분의 기적

지난해 11월 1일 나는 미국의 뉴욕 한복판에서 눈물을 흘렸다. 뉴욕시민마라톤이 열린 날이었다. 나는 결승점인 맨해튼 센트럴파크 입구에서 일곱 시간이 넘게 한 사람을 기다리고 있었다. 화상 장애에 굴하지 않고 생애 처음으로 마라톤에 도전한 이지선 씨였다. 이 대회의 참가자는 4만 명이 넘었다. 오전 아홉시 출발을 알리는 총소리와 함께 뉴욕 주 외곽에 있는 스태튼 섬을 빠져나간 선수들은 세 시간 30분이 지나자 쏟아져 들어오기 시작했다. 하지만 지선 씨의 모습은 보이지 않았다. 뉴욕의 겨울은 해가 짧다. 오후 네시가 지나자 센트럴파크는 한밤중이 되었고, 이따금 개를 데리고 산책 나온 행인만 지날 뿐이었다.

몇 시간이 걸리더라도, 걸어서라도 완주하겠다던 지선 씨가 달리다 중간에 포기하고 기숙사로 돌아갔는지, 아니면 뉴욕의 어느 어두운 거리에 주저앉아 울고 있는지 알 수가 없었다. 선수들이 출발한 지 일곱 시간이 지나자 진행요원들은 결승점 뒤쪽에 놓인 바리게이트를 하나둘 철거했다. 계단식으로 설치된 벤치에 앉아 골인하는 선수들에게 갈채를 보내던 관객들도 자리를 뜨기 시작했다. 경기가 끝나려는 그 순간, 저 멀리 어둠 사이로 작은 점 하나가 나타났다. 그 점은 점점 커지면서 결승점을 향해 천천히 달려오고 있었다. 바로 이지선 씨였다.

'도저히 안 되면 지하철을 타고 오겠다' 며 교통카드까지 챙겨서 출발했던 그녀였다. 중간에 포기할 거라는 나의 예측은 보기 좋게 빗나갔다. 어디에 그런 힘이 숨어 있는지 지선 씨는 전혀 지치지도 않은 표정이었다. 나는 진행요원을 피해 미리 준비한 태극기를 들고 앞으로 달려갔다. 내가 태극기를 건네자 지선 씨는 환한 미소를 지었다. 이윽고 태극기를 들고 결승점을 통과하자, 자리를 떠나려던 사람들은 마지막으로 달려온 작은 동양 여성에게 우레와 같은 박수를 보냈다. 내 눈에선 눈물이 흘렀다. 42.195킬로미터, 그 먼 길을 그녀가 달려온 것이었다.

그날 난생 처음으로 1킬로미터가 넘는 거리를 달렸다는 이지선 씨는 삶과 죽음을 가르는 사고 이후 숨쉬기를 제외한 어떤 운동도 하지 않았다고 한다. 아니 하고 싶어도 할 수 없었다. 평소 운동을 싫어하기도 했지만 땀을 배출할 수 없는 화상환자에게 무리한 운동은 생명을 위협할 수도 있기 때문이다.

마라톤 출발선에 선 그녀는 긴장 탓인지 운동화 끈을 여러 번 고쳐 맸다. 그리고 출발한 지 얼마 되지 않아 자신이 피부로는 전혀 호흡할 수 없다는 것을 깨닫게 되었다. 심장이 터질 듯한 격심한 고통이 찾아오자 달리기보다 빨리 걷는 방법을 택했다. 심장의 고통이 조금씩 사라지자 이번에는 발목에서 통증이 느껴졌고, 그 통증은 무릎 위까지 올라왔다. 갑작스런 충격으로 다리를 절뚝거리기 시작한 그녀는 결국 자리에 주저앉아 울었다. 그때 지나가던 한 선수가 힘을 내라며 그녀에게 바나나를 건넸고, 신기하게도 바나나를 먹으니 힘이 났다는 것이다. 천천히 일어난 지선 씨는 다시 발걸음을 옮기기 시작했고 "Almost there(거의 다 왔어요. 힘을 내세요!)" 하는 응원을 들으며 한 발 한 발 옮기다보니 어느새 결승점인 센트럴파크가 보이기 시작했다고 한다.

그녀에게 42.195킬로미터 완주는 불가능하게만 보였던 자신과의 싸움에서 승리했음을 의미했다. 그건 기적이었다. 결승점을 달려온 지선 씨를 보면서 나는 그녀가 앞으로 어떤 고통 앞에 놓이더라도 원하는 삶을 반드시 완주할 것이라는 믿음을 갖게 되었다. 마라톤이 끝난 뒤 그녀는 다리를 절며 자신이 사는 컬럼비아 대학교 기숙사로 돌아갔다. 나중에 들은 얘기지만 일주일 동안 꼼짝없이 방 안에 누워 있어야 했고, 그후 한 달 동안이나 다리를 절며 강의실을 찾아다녔다고 한다. "왜 마라톤을 포기하지 않았느냐"

는 내 질문에 지선 씨는 미국의 장애인 정책을 연구해 우리 사회에 접목시키는 것이 자신의 소망인데 마라톤을 포기하면 그 소망이 사라져버릴 것 같아서 멈출 수가 없었다고 말했다.

내가 지선 씨를 처음 만난 것은 2005년 봄, 그녀가 쓴 책《지선아 사랑해》를 통해서다. 그 책에는 의사들마저 포기했던 그녀의 삶이 고스란히 기록되어 있었다. 사고 후 생사를 넘나드는 7개월간의 입원과 열한 차례의 수술, 죽기보다 싫은 치료를 계속 받고 있는 그녀가 희망을 이야기하고 있는 것이 신기했다. 책을 통해 접한 그녀는 누구보다 당당하고 즐겁게 인생을 예찬하고 있었다. 그녀의 홈페이지에 들러 꼭 한번 만나보고 싶다는 사연을 남겼더니 이내 연락이 왔다. 나와 지선 씨는 두 차례 만나 대화를 나누었다. 그리고 그녀는 푸르메재단의 홍보대사가 되었다. 자신이 당한 고통과 불행을 개인적인 문제에만 머물게 하지 말고 같은 고통을 당한, 앞으로 당할 수도 있는 수많은 화상환자와 장애환자를 위해 아름다운 재활병원의 필요성을 세상에 알려달라고 부탁했다. 그녀는 흔쾌히 수락했다.

나는 지선 씨를 만날 때마다 매번 놀란다. 그녀가 가진 낙천성과 미래에 대한 희망을 보고 말이다. 어린 나이에 어디서 그런 힘이 솟아나는지 모르겠다. 절박한 상황에서도 그녀는 농담을 한다. 지선 씨를 만나고 나면 놀랍게도 내가 위로를 받는다. 그녀는 방학을 이용해 귀국하면 여러 차례 수술을 받아야 한다. 오래전 수술 받은 피부가 1~2년 만에 변형돼 제 기능을 하지 못하기 때문이다. 최근에는 입 주위에 이식한 피부가 처지는 현상이 발생해 입술이 자꾸 벌어지는 문제가 생겼다. 턱 아래 살이 당겨지면서 고개를 숙이고 생활할 수밖에 없는 상황이 되자 결국 수술을 받기로 했다. 콧속과 목 안쪽에 살이 점점 찌게 되면서 호흡을 할 때도, 음식물을 삼킬 때도 고통을 겪고 있다. 20대 중반의 어린 나이에 차디찬 수술대 위에서 수없이 수술을 받으며 그녀는 어떤 생각을 했을까.

지선 씨는 단 한 번도 자신이 잃어버린 것들을 이야기하지 않았다. 늘 새롭게 얻게 될 것을 이야기한다. 누구보다 당당하게 자기의 꿈을 이야기한다. 그런 지선 씨가 한없이 위대하게만 보인다. 그리고 그녀는 아직 세상이 살 만하고 아름답다는 것을 깨닫게 해준다. 시련은 누구에게나 찾아온다. 하지만 '장애'의 시련을 이겨내는 일은 누구나 할 수 있는 것이 아니다. 장애인이 자신의 장애와 남들의 편견을 이겨내는 과정은 이루 말할 수 없이 고통스럽다. 그래서 그들의 삶이 더 아름답게 빛나는지도 모르겠다. 7시간 22분은 기적의 시간이다. 한순간도 쉬지 않고 결승점을 향해 달린 그녀가 있어 행복하다.

루즈벨트, 처칠, 스탈린의 공통점

1945년 2월 4일 세계의 이목이 크림반도에 있는 작은 도시에 집중되었다. 우크라이나 남단, 흑해 연안에 있는 얄타였다. 연합국세 거두가 그곳에서 2차 세계대전 이후의 세계질서를 결정한 것이다. 그 세 사람은 미국의 프랭클린 루즈벨트 대통령, 영국의 윈스턴 처칠 수상, 소련의 로지프 스탈린 서기장이었다. 그런데 이들에게는 흥미로운 공통점이 있다. 세 사람 모두가 장애인이었다는 사실이다.

루즈벨트는 상원의원과 해군 차관보를 역임하고 뉴욕 주지사선거를 준비하던 서른아홉 살의 잘나가는 정치인이었다. 그런데 유세 도중 소아마비가 찾아와 하반신 마비 장애인이 되었다. 3년 간 피나는 재활훈련 끝에 뉴욕 주지사에 당선된 그는 훗날 미국 역사에 남는 위대한 대통령이 되었다. 경제공황과 2차 세계대전이라는 위기가 있었지만 뉴딜정책과 전쟁의 승리를 통해 미국을 가장 강력하고 부유한 국가로 만든 것이다.

처칠은 어릴 때부터 시작된 언어와 지각장애로 아예 고교생활을 포기해야 했다. 일부 과목은 성적이 좋았지만 싫어하는 과목은 늘 낙제였다. 처칠은 담임선생님과 대화하는 것을 꺼리는 자폐 증세까지 보였다. 하지만 영국 역사상 연설을 가장 잘하는 위대한 정치가로 평가받고 있다.

'강철 사나이' 란 뜻의 스탈린은 10년 동안의 체포, 구금, 시베리아 유형을 겪으면서 한 팔을 못 쓰는 장애인이 되었다. 그런 그가 2차 세계대전 참전과 전후 세계질서를 주도하면서 후진국 소련을 강대국의 반열에 올려놓았다. 세 사람 모두 장애인 역시 위대해질 수 있다는 것을 증명했다.

만약 '세계를 움직인 위대한 천재들이 한국에서 태어났더라면' 과연 어떤 일이 벌어졌을까. 수학과 물리학 분야에서 천재성을 보였지만 발달장애로 다른 사람들과 감정을 교류하며 관계를 유지하는 게 힘들었던 알버트 아인슈타인은 대학 입시와 대인관계를 중시하는 직장생활에 실패해 폐인이 되었을 것이다. 늘 신경쇠약과 자폐증에 시달렸던 독일의 소설가 헤르만 헤세는 아마 조직을 뛰쳐나가 노숙자가 되었을 가능성이 있다.

현존하는 최고의 물리학자 스티브 호킹 박사는 캠브리지 대학 졸업반 시절 근육위축증에 걸려 손가락 하나도 제대로 움직이지 못하고 말도 할 수 없었다. 그가 한국에서 태어났더라면 중증 장애인 요양소에 갇혀 절망 속에 생을 마감했을지도 모른다. 초등학교에 입학한 지 3개월 만에 퇴학당한 발명왕 토머스 에디슨은 사회의 따돌림과 각종 규제에 묶여 노점상을 전전하고 있을지도 모를 일이다. 물론 극단적인 가정이지만, 우리의 상황을 생각해보면 충분히 가능한 일이 아닐까.

세상에 천재로 알려진 사람 중 상당수가 알려지지 않은 장애를 가지고 있었다. 그들이 장애에 굴복하지 않고 오히려 위대한 인물이 될 수 있었던 힘은 과연 어디에 기인하는 것일까. 그것은 그들이 속한 사회에는 장애인을 비장애인보다 열등하다고 여기지 않는 관용이 존재했기 때문이다. 우리 사회가 장애인들에게 더 좋은 교육을 받을 수 있는 여건을 마련하고, 기회를 준다면 루즈벨트 같은 정치인과 아인슈타인, 호킹 같은 천재 과학자들이 출현하지 말란 법이 없다.

04

행복한 상상

"패터슨은 자기에게 닥친 모든 시련을 극복했습니다. 그에게 장애는 핸디캡이 아니었습니다."

시각장애인 뉴욕 주지사 데이비드 패터슨을 두고 뉴욕의 교육감이 한 말이다. 시각장애인 주지사의 취임을 가장 열렬하게 환영한 것은 뉴욕에 살고 있는 장애 어린이들이었다고 한다. 같은 처지에 있는 주지사의 취임 연설을 들으며 어린이들은 미래의 희망을 갖게 되었을 것이다. 이야기만으로도 아름다운 사람들의 모습이다.

선거철이 다가오면 각 정당마다 처음에는 계파 간 공천 문제로 시끄럽고 나중에는 탈당과 이에 대한 비난으로 국민들의 눈과 귀를 불편하게 한다. 그럴수록 우리는 진품 후보를 뽑아야 한다. 장애인계에도 언제부턴가 생기가 돌기 시작했다. 한 사람이라도 더 국회에 진출하려고 하기 때문이다.

비례대표제는 1963년 제6대 총선부터 시작되었다. 형식적으로 존재하던 것이, 1988년 제13대 총선에서 YWCA 총무를 지낸 박영숙 전 한국여성재단 이사장과 소설 《꼬방동네 사람들》의 작가 이동철 씨가 여성계와 장애인계를 대표해 국회에 진출한 것이 첫 출발이다.

제17대 선거에서는 장향숙 민주당 의원과 정화원 한나라당 의원 등 장애인 출신 네 명이 비례대표로 국회에 진출했다. 2008년에는 70여 명의 장애인 예비 후보가 정당의 문을 두드렸다. 그중에는 장애인 문학계를 대표한 방귀희 씨와 이범재 한국장애인인권포럼 대표 등이 포함돼 관심을 모았다. 하지만 막상 뚜껑을 열어보니 기대 밖이었다. 대표성을 갖는 사람은 대거 탈락했고 각 정당마다 한두 명 후보로 구색을 맞추었을 뿐이었다.

물론 공천에서 장애인만을 배려할 수는 없는 일이다. 하지만 비례대표와 지역구를 통틀어 공천을 받은 장애인은 열네 명에 불과했다. 전체 인구 중 10퍼센트가 장애인임을 감안하면 적은 수인 것이 분명하다. 정당마다 챙겨야 할 사람들이 많았겠지만, 섭섭함이 쉬 줄지 않았다.

그렇다고 깜냥이 안되는 사람을 장애인이란 이유만으로 뽑아 달라는 것이 아니다. 견디기 힘든 장애를 가지고도 자기 분야에서 일가를 이룬 사람, 열악한 환경을 개선하기 위해 헌신한 장애인을 뽑아달라는 말이다. 재산도 많고, 세금도 많이 냈다면 금상첨화일 것이다. 사실 장애인계를 자세히 살펴보면 이런 사람이 적지 않다. 그런 만큼 뉴욕과 우리의 선거 현실을 비교할 때 아쉬움이 많이 남는다.

당장은 부족하지만 재목이 될 수 있는 장애인 출신 의원이 많이 나와야 한다. 일부러 5퍼센트 할당제라도 만들어야 한다. 각 정당은 장애인에 대해 더 넓게 문호를 개방해야 할 것이다. 처음에는 문제점도 있겠지만, 문이 열리면 능력 있는 사람이 나오게 마련이다. 시각장애인 뉴욕 주지사의 탄생은 우리에게 희망을 안겨주었다. 20년 뒤에는 국립맹학교를 나온 한 시각장애인이 서울시장에 당선될지도 모를 일이다.

참 홀가분하다

박경리 유고 시집을 한 권 샀다. 한국을 대표하는 대하소설《토지》의 작가로서가 아니라 무명 시인 박경리를 새롭게 발견했다. 오랜만에 박경리 선생의 글을 맛있게 읽었다. "아아 편안하다 늙어서 이리 편안한 것을／버리고 갈 것만 남아서 참 홀가분하다"라는 시구를 읽으며 행복했다.

며칠 전 쉽지 않은 경험을 했다. 한마디로 황당한 사건이었다. 하루는 재단 사무실로 한 중년의 아주머니가 찾아오셨다. 자신을 오씨라고 소개한 그분은 지난 28년간 부산 자갈치시장에서 생선 도매를 해오면서 적지 않은 돈을 벌었다고 했다. 그런데 남편이 9

년 전 지게차 사고로 세상을 떠난 뒤 돈도, 인생도 덧없음을 깨닫게 되었다는 것이다.

2005년부터 지방 대학에 매년 1억 원을 기부해왔고 우연히 신문에서 푸르메재단을 알게 돼 앞으로 매년 1억 원을 푸르메재단에 기부하고 싶다고 했다. 그 말씀을 들으며 이런 아름다운 마음을 가진 분들 때문에 세상이 아직 살 만하다는 생각을 했다. 당신의 인생 역정을 어쩌면 그렇게 술술 풀어내시던지 아주머니의 말씀에 따라 직원들은 웃다가 울기도 했다. 정말 언어의 마술사가 따로 없었다.

아주머니는 이야기를 하다가 갑자기 전북의 모 일간지를 꺼내 보이셨다. '아름다운 기부 ○○대학교에 1억 기탁'이라는 제목의 기사였다. 더이상 의심할 여지가 없었다. 생선을 팔아 번 1억 원도 소중한 돈이지만 자갈치시장 아주머니의 선행이 알려져 더 많은 분들이 푸르메재단에 관심을 갖게 될 것을 생각하니 가슴이 떨렸다.

부산으로 내려가신다는 그분을 붙잡고 근처 식당으로 향했다. 직원들은 마음에서 우러나오는 존경심을 가지고 함께 행복한 식사를 했다. 나는 마침 약속이 있어 먼저 자리를 나왔다. 그런데 나중에 얘기를 들어보니 그분이 한 직원에게 명동에 있는 은행 본점에 가서 1억 원 수표를 찾아올 테니 차비를 빌려달라고 했다는 것이다.

큰돈인데 이체하지 않고 직접 수표로 찾아오겠다는 것이 처음에는 이상했지만, 직원은 수표를 직접 전달받는 것도 의미 있다고 생각해 2만 원을 건넸다고 한다. 하지만 그 아주머니는 끝내 돌아오지 않았다. 기부를 받았다는 대학에 확인 전화를 했더니 "우리도 당했다. 기부 약정식에 맞춰 신문기사까지 냈지만 끝내 모습을 드러내지 않았다"고 했다. 보기 좋게 사기를 당한 것이다.

아주머니가 처음 사무실에 왔을 때 사진을 찍지 않겠다고 했지만 강권해서 사진을 몇 장 찍었다. 또 나중에 필요할 것 같아 주민등록증까지 스캔해두었다. 자신의 신분이 금방 드러날 것임을 알고도 우리에게 사기를 친 이유가 무엇일까. 아마 큰 죄가 안 될 거라고 생각했는지도 모르겠다. 한순간 천사가 되어 "정말 훌륭하다. 고맙다"는 인사와 환대를 받는 것이 행복했을지도 모르겠다. 하지만 그 일로 인해 많은 사람들이 받을 상처를 생각할 때 그건 일종의 정신병이라고 할 수 있다.

거금을 희사하겠다는 말을 했을 때 그분의 모습은 영락없는 천사였다. 하지만 사기를 당한 후 함께 찍었던 사진에서 발견한 것은 분명 사기꾼의 모습이었다. 그렇게 착해 보였던 분이 한순간에 위선자로 비춰질 수 있다는 게 신기했다. 모든 것에는 빛과 그림자가 함께 있다. 선과 악, 아름다움과 추함, 행복과 불행이 공존한다. 그런데 우리는 늘 양면을 보지 못하고 한쪽만을 보고 있는 것이다.

잠깐 동안의 혼란을 접고 나는 이렇게 마음을 정리했다. 좋은 분을 만나 두 시간 동안 행복했다고 말이다. 그래도 세상은 밝고 살아갈 만한 곳이라고 깨닫게 해줘서 고맙다고 여기기로 했다. 이해는 되지 않지만 외로웠을 그분에게 따뜻한 밥 한 끼 선사했다고 스스로를 위로했다. 그렇게 결심하자 마음이 평안해지고 그분이 조금씩 사기꾼이 아닌 천사로 보이기 시작했다.

엄홍길 대장의 눈물

5월 초 '산 사나이' 엄홍길 대장과 함께 눈 덮인 백두산에 오를 기회가 있었다. 이 행사는 엄홍길 대장이 푸르메재단 및 장애 어린이 합창단 '에벤젤리'에 소속된 아이들과 함께 백두산을 오르며 그 아이들에게 용기를 주자는 취지였다. 그런데 사실은 아이들보다 내가 더 설레는 등반이었다. 1985년부터 히말라야를 오르기 시작해 8천 미터 이상 16좌를 등정한 세계적인 산악인과 민족의 영산을 오른다는 것은 남다른 의미였기 때문이다.

3박4일간 같이 생활하며 옆에서 지켜본 '인간 엄홍길'은 동네 어귀에서 만날 수 있는 아저씨같이 푸근한 사람이었다. 작은 키,

다부져 보이지 않는 체격, 어눌한 말투, 어린 아이들보다 오히려 천진한 표정을 한 그가 어떻게 그렇게 강한 카리스마를 가질 수 있는지 믿기지가 않을 정도였다.

백두산으로 향하는 버스 안에서, 날아갈 듯 휘몰아치는 눈 덮인 백두산 정상에서, 시간이 멈춰버린 듯한 백두산 천지에서 엄홍길 대장과 많은 대화를 나눌 기회를 가졌다. 나에겐 행운이었다.

그에게 가장 궁금한 것은 '왜 위험을 무릅쓰고 그 높고 험한 산을 오르는 것이냐' 하는 것이었다. 질문을 받은 그의 표정이 갑자기 단호해졌다. "저는 그동안 산을 오르며 수많은 고통과 좌절을 경험했지만 오르는 것을 포기할 수 없는 것이 내 운명이라고 생각합니다. 그 운명에 따르기 위해 저는 기꺼이 산을 오릅니다." 비장함이 서려 있는 대답이 아닐 수 없다.

그의 인생과 청춘은 오로지 설산 히말라야에 바쳐졌다. 아니 다른 대안이 없는 삶이라고 했다. 등정을 인생의 목표로 정하고 산속에 많은 친구를 묻어야 했던 엄홍길. 숱한 죽을 고비를 넘기고 부상을 당하면서도 포기할 수 없는 애증의 산 '에베레스트'가 그에게는 삶의 전부였던 것인가.

그에게 가장 고통스러운 순간을 물었을 때 우리는 연길시의 작은 맥줏집에서 연변 맥주로 목을 축이고 있었다. 내 질문을 듣는 순간 그의 눈빛이 흐려지더니 갑자기 "노래를 하나 불러도 되겠느냐"고 했다.

1970년대 후반 한창 유행했던 그룹 '휘버스'의 〈가버린 친구에게 바침〉이었다. 그는 특유의 저음으로 눈을 감고 노래를 불렀다.

하얀 날개를 휘저으며 구름 사이로 떠오네
떠나가버린 그 사람의 웃는 얼굴이
흘러가는 강물처럼 사라져버린 그 사람
다시는 못 올 머나먼 길 떠나갔다네
한없이 넓은 가슴으로 온 세상을 사랑하다
날리는 눈을 따라서 떠나가버렸네
울어봐도 오지 않고 불러봐도 대답 없네
눈 속에서 영원히 잠이 들었네

노래를 마친 그의 눈에는 눈물이 고여 있었다. 그는 네번째 히말라야 등정 때의 얘기를 들려주었다.

"셰르파 두 명이 7천6백 미터 지점에서 갑자기 추락했습니다. 저는 깜짝 놀라 저도 모르게 로프를 잡았습니다. 잘못하면 함께 추락한다는 생각이 들었지만 선택의 여지가 없었습니다. 그들은 제 동지였으니까요. 손이 찢어지고 발목에 로프가 감기면서 180도 꺾여 뒤로 돌아가버렸습니다. 발목이 잘려 덜렁덜렁할 정도였으니까요. 그래도 저는 이틀 동안 아래로 구르고, 구르지 못하면 기어서 베이스캠프까지 내려왔지요.

의사는 제가 앞으로 걸을 수 없다고 말했지만 저는 결국 일년 후에 다시 히말라야에 섰습니다. 여자 후배인 지현옥 대원과 함께 등정에 나선 거지요. 현옥이는 8천 미터 에베레스트를 등정한 발군의 실력을 가진 대원이었습니다. 마치 친동생 같았지요. 저는 악천후를 뚫고 안나푸르나에 태극기를 꽂고 내려오다 현옥이를 만났습니다. 현옥이는 자신의 등정 속도가 느리다는 말을 했는데, 제가 정상을 밟고 내려왔다는 사실 때문에 압박감을 느낀 것 같았습니다. 그때 말렸어야 했는데……. 그는 정상을 밟은 뒤 영영 돌아오지 않았습니다."

그는 길지 않은 울음을 토해냈다.

엄홍길 대장의 앞으로 계획은 무엇일까. 그는 '엄홍길 휴먼재단'을 준비하고 있다고 했다. 재단에서 할 일은 우선 히말라야 산속에 묻혀 있는 여덟 명의 동료들을 하루빨리 찾는 것이다. 그들 모두를 고국으로 데려오는 것이 일차적인 목표라고 했다. 그리고 네팔의 가난한 어린이들을 위해 일하고 싶다고도 말했다. 히말라야를 오르면서 만났던 아이들은 종이 한 장, 연필 한 자루가 부족한 상황이다. 아이들이 공부할 수 있는 환경을 만들어주는 것이 인생의 후반기를 맞는 그의 계획이다.

그는 우리 청소년들을 위한 활동도 시작했다. 산을 내려오니 물질문명 세계에 갇혀 있는 우리 청소년들이 보이기 시작했다는 것이다. 공부에 쫓기고 컴퓨터에 갇혀서 서서히 정신이 고갈돼가는 우리 아이들에게 대자연을 접할 수 있게 하고 싶다는 것이다. 자연 속에 서면 삶이 얼마나 신비롭고 위대한 것인지, 공부 감옥에 갇혀 있는 아이들에게 전해주겠다고 했다.

백두산 등정 프로그램도 엄홍길 대장이 산을 통해 청소년과 대화하려는 하나의 시도였으리라. 그에게 마지막 한마디 하고 싶은 말을 물었다. 그는 먼 산을 보며 말했다. "우리가 가진 아름다운 인성을 되찾고, 나보다 약한 사람을 배려하고 더불어 살아가는 공동체를 회복할 수 있는 방법은 산을 오르며 내가 작다는 것을 깨닫는 것입니다."

어린 시절 집 앞에 있던 도봉산을 오르기 시작해 북한산을 등반하고 로키산맥을 거쳐 결국 히말라야 16좌를 오른 산악인 엄홍길. 그는 이제 청소년들을 위해 좋은 일을 하는 엄홍길로 기억되었으면 좋겠다고 했다. 늙어서는 유니세프 대사 일을 하며 아름답게 살다가, 애도 속에 삶을 마감한 배우 오드리 햅번처럼 말이다. 그의 얼굴이 곱게 느껴졌다.

호철이와 경민이 이야기

"지금 옷을 빨아야겠어요. 너무 더러워서 못 참겠어요."

"깨끗하니 안 빨아도 되겠는걸. 너무 늦었으니 내일 하자."

"싫어요. 난 지금 빨 거예요."

참 난감했다. 밤 열두시. 백두산으로 향하는 중국 요녕성 통화
通化시의 한 호텔방. 나와 내 룸메이트인 6학년 호철이는 늦은 시
간 실랑이를 벌였다. 호철이는 무언가 '필feel'이 꽂히면 해야만
하는 소년이다. 노래 가사가 떠오르면 노래를 불러야 하고 축구가
생각나면 축구를 해야 직성이 풀린다.

호철이는 다행히 심하지 않은 자폐 증세를 가졌지만 발이 불편

해 까치발로 걷고 가까운 물체만 볼 수 있는 시각장애 또한 갖고 있다. 녀석과 내가 인연을 맺게 된 것은 '엄홍길 대장과 함께하는 장애 청소년의 백두산 등정 프로젝트'에서였다. 내가 호철이의 멘토로 임명된 것이었다. 나는 그 여행을 통해 장애 어린이와 같이 생활하면서 장애아와 장애아를 둔 부모의 어려움과 그들의 심정을 이해하고 싶었다.

호철이는 평소에는 착하고 귀여운 소년이었다. 하지만 뭔가 영감이 떠오르면 속사포 같은 질문을 해댔다. 하루가 지나자 그 아이의 황소고집이 은근히 무서워지기 시작했다.

이날 밤 실랑이의 발단은 호철이가 저녁 식사를 하다 소매에 흘린 간장 얼룩 때문이었다. 기억력이 비상한, 아니 한 번 각인되면 반드시 기억하는 호철이는 잠들기 전 소매에 묻은 간장 얼룩을 생각해냈다. 그러면 빨아야 한다. 하지만 옷을 빨다가 입고 있는 옷이 흠뻑 젖을 수도 있고, 얼룩이 사라졌다 해도 호철이 눈에는 계속 남아 있는 것으로 보여 여러 시간 빨아야 할지도 모를 일이었다.

그렇게 순하디 순한 호철이는 '필'이 올 때마다 '왜 하면 안 되는지'를 집요하게 물으며 고집을 부렸다. 나는 "호철아! 이유를 설명해줬잖아. 안 된다면 안 돼" 하고 제지했다. 여행 초반에는 녀석의 입장에서 최대한 이해하자고 다짐했는데, 그 초심은 이내 사라지고 설명에 지쳐 매몰차게 대답하기 시작했다. 낭패가 아닐 수 없었다. 호철이를 이해하고 진심으로 받아들일 수 없다는 게 슬펐다. 헤어지는 날 호철이가 나에게 말했다. "너무 고집을 피워

힘들게 했지요? 미안해요, 아저씨." 순간 눈물이 핑 돌았다.

백두산 행사에서 장애 어린이의 손을 잡아주셨던 시인 정호승 선생님께서 이런 편지를 보내주신 적이 있다.

아이들이랑 백두산 다녀오시고 몸살은 나지 않으셨는지요. 저에겐 이번 백두산 기행이 큰 자성의 시간이었습니다. 제가 여러 가지로 부족하고 결핍된 제 아이들에게 '사치한 요구'를 지속적으로 해왔구나 싶어 크게 자성했습니다. 그런 자성의 시간을 마련해주신 푸르메재단에 감사한 마음 올립니다. 여름이 지나가는 줄 알았는데 아직 덥군요. 그러나 곧 추석이 지나면 선선한 가을바람이 불어올 것을 믿습니다.

건강하시길 기도드리며

정호승

정호승 선생님은 버스 안에서 끝없이 쏟아지는 호철이의 질문에 얼굴 한번 찡그리지 않고 대답해주셨다. 따뜻한 마음을 가지신 그분의 자성의 편지를 받고 몸둘 바를 몰랐다.

세상에 쉬운 일이란 없다. 그런 점에서 호철이는 내 마음을 시험한 스승이었고, 그의 질문은 내 등을 때리는 죽비였다. 호철이를 통해 많이 배운 3박 4일이었다.

다운증후군을 가진 세살박이 경민이를 데리고 경민이 어머니

우단희 씨는 재단에서 운영하는 어린이재활센터를 매주 두 차례 방문한다. 우씨는 경민이가 두 돌 때 장애를 가졌다는 것을 발견하고 눈물조차 나오지 않았다고 한다. 정말 청천 하늘에 날벼락이었을 것이다. 아이의 장애를 알고부터는 집 나서기가 두려웠고, 모두가 손가락질하는 것 같아 그 더운 여름을 방 안에서만 지냈다. 마음속으로 수없이 경민이를 죽이면서 말이다. 그렇게 매일 경민이를 죽이는 것을 상상하면서 경민이 어머니는 자신이 괴물로 변해가는 것을 느꼈다고 한다. 어머니가 무섭게 변하는 것을 목격한 경민이의 두 누나는 엄마 눈치를 보게 되었고, 집에서는 웃음소리가 사라졌다.

그런 시름에 빠져 있던 어느 날 경민이 어머니는 우연히 다운증후군 어린이 부모들의 카페를 발견했다. 그 모임에 참가하면서 자신과 같은 처지의 사람들과 고민을 터놓고 얘기했고 그때부터 마음의 안정을 찾기 시작했다는 것이다. 남의 시선을 의식하지 않고 경민이에 대한 욕심을 버리니 하늘이 경민이를 주신 것에 감사한 마음까지 들었단다. 눈물과 고통의 시간을 거쳐 이제는 경민이가 치료의 대상이 아니라 기쁨을 주는 존재가 된 것이다. 경민이 어머니가 그동안 흘렸을 눈물을 생각하면 마음이 숙연해진다.

우린 늘 내가 가진 게 적다고 생각한다. 내가 가진 것보다 남의 것이 크게만 느껴진다. 그래서 늘 불행하다. 영화 〈말아톤〉의 실제 주인공 배형진 씨의 어머니가 하신 말씀도 기억에 남는다. "형진이가 자폐아로 태어나면서 제 눈에는 형진이밖에 보이지 않았어요. 내 고통의 깊이 때문에 남의 아픔이 보이지 않았습니다. 하지만 20여 년이 지나고 형진이가 장성하자 이제야 비로소 남의 눈물, 남의 고통이 보이기 시작했습니다." 자식을 위해 어머니가 흘리는 눈물은 얼마나 아름다운 것인가.

경민이와 형진 씨 어머니의 말씀을 듣고, 정호승 선생님의 편지를 읽으며, 호철이와의 3박4일 여행을 자성하며 내가 가진 것이 얼마나 많은지 새삼 깨달았다. 생각해보면, 하루하루가 행복한 축제의 날들이다. 아직 살날이 많이 남아 있어 참 다행이다.

장애인이 행복하면
모두가 행복하다

비가 오던 어느 날, 사무실을 나서다 재단에서 운영하는 어린이재활센터에서 치료받고 나오는 꼬마를 만났다. 몇 달 동안 침도 맞고 마사지도 받더니 걸음걸이가 좋아지고 표정도 한결 또렷해졌다.

이 아이는 경기도 오산에서 재단 사무실이 있는 서울 종로구 신교동까지 매주 두 번씩 치료를 받으러 온다. 아이 어머니의 이야기를 들어보니 처음엔 버스와 전철을 여러 번 갈아타고 왔지만, 몸이 불편한 아이와 씨름하며 오는 것이 힘겨워 최근엔 아예 장애인 콜택시를 대절한다고 했다. 서울에 한 번 오는 콜택시비만 3만

5천 원. 일반 택시비에 비하면 싼 값이지만, 경제적으로 어려운 이들에게 왕복 교통비 7만 원은 너무 큰 부담이다.

또 어느 날인가는 재단 1층에 있는 장애인 전용 치과 앞에서 몇 달 전부터 잇몸 치료를 받고 계신 할아버지를 만났다. 진료가 끝난 지 한참됐는데 왜 빗속에 서계시는지 여쭤보았다. 역시 장애인 콜택시를 기다리고 계셨는데, 약속 시간보다 한두 시간 늦는 게 예사라며 불편한 기색을 내보이셨다. 장애인 콜택시는 요금이 저렴하지만 운행 대수가 적어 예약이 어렵고, 서둘러 예약을 해도 한 시간 이상 기다리기 일쑤다.

경제적으로 어려운 장애인을 위해 '교통 바우처'를 만들면 어떨까? 교통비 지원은 장애인에게 의료비만큼 절실한 문제다. 의수화가로 2009년 장애인문화예술대상을 수상한 석창우 화백은 감전사고로 양팔이 절단된 장애인이다. 의수가 있어 버스와 지하철을 이용하는 데 별 문제가 없을 것 같지만 실제로 혼자 외출하는 것은 엄두도 못 낸다. 표를 사는 것은 물론이고 흔들리는 버스에서 손잡이를 잡고 서있을 수도 없기 때문이다.

정신장애 어린이를 데리고 외출할 때는 어떤가. 쉬지 않고 움직이는 아이를 통제하기도 힘들고 승객들의 따가운 눈초리를 견디는 것도 쉬운 일이 아니다. 이처럼 신체적·정신적 어려움 때문에 대중교통을 이용할 수 없는 장애인이 적지 않다.

장애인이 장애의 한계에서 조금이라도 벗어나려면 가능한 한 자주 밖으로 나가야 한다. 나가서 공부를 하고, 일을 하고, 사람을 만나고, 재활치료를 받아야 한다. 버스나 지하철은 이용하기 어렵고 택시는 요금이 두려워 못 탄다면 이들에게 사회적인 장벽은 점점 더 높아질 수밖에 없다. 장애인이 택시를 이용할 수 있는 바우처 제도를 도입하자는 것도 이런 이유에서다.

우리나라의 바우처 제도는 대개 서비스 공급자가 지정되어 있다. 문화 바우처만 하더라도 지정된 공연이나 영화 외에는 볼 수가 없다. 하지만 장애인 콜택시의 예에서 알 수 있는 것처럼, 교통과 같이 일상생활에 관련된 부분에서는 한정된 공급으로는 지원이 큰 효과를 거두기 어렵다. 정부나 지자체가 적극적으로 나서 택시 회사와 협약을 하고 모든 장애인이 필요할 때 쉽게 택시를 이용할 수 있도록 해야 한다. 물론 장애인에게는 쿠폰과 같은 다양한 형태의 지원책이 나와야 한다. 정부에서 예산 지원을 하기 어렵다면 기업체를 활용할 수도 있다.

실제로 외국에서는 장애인의 이동 수단을 후원하는 기업들이 많다. 장애인의 입장에서 생각하고 제도를 개선할 수 있느냐 하는 것이 바로 선진국을 판가름하는 기준이다.

우리나라 복지정책을 결정하는 최고지도자가 며칠 만이라도 장애인의 생활을 경험해본다면, 아마 우리 사회의 장애인 정책은 10년을 앞서나갈 수 있지 않을까.

아직은 아름다운 세상

더위가 한창이던 어느 여름, 전화 한 통을 받았다. 목소리만 들어도 괄괄한 성격의 경상도 분이었는데 대뜸 "교통사고로 다리를 잃은 주부가 피해보상금을 기부하는 것을 보았습니다. 우리 부부도 푸르메재단에 작은 기부를 하고 싶습니다"라고 했다. 투박하면서도 신뢰가 느껴지는 목소리였다.

그 일을 까마득히 잊고 며칠을 보냈다. 그런데 초로의 부부가 다정하게 손을 잡고 재단의 문을 들어섰다. 이재식, 양남수 부부였다. 처음에는 몰랐는데 대화를 나누다보니 두 사람 모두 거동이 자유롭지 못하다는 것을 알 수 있었다. 남편 이재식 씨는 1968년

군대에서 훈련 도중 발목 인대가 파열되면서 다리를 제대로 굽히지 못하는 3급 장애인이 되었다고 한다. 그런데 부인마저 2년 전 중풍으로 쓰러진 것이다. 현재는 이씨가 가사 일을 돌보며 부인의 재활을 위해 함께 병원에 다니고 아침저녁으로 마을 뒷산을 산책하기도 한다고 했다.

부인 양씨가 말문을 열었다. "며칠 전 TV를 보다 한 주부가 영국 보험회사와 8년간의 소송 끝에 받은 보상금 10억 원을 기부하는 것을 감동 속에 지켜봤습니다." 이들 부부가 누런 봉투 속에서 조심스럽게 내놓은 것은 노후에 쓰려고 마련한 시가 3억 원 상당의 토지 문서였다. 양씨가 말했다. "건강하고 행복할 때는 아픈 사람이 안 보였는데, 이제야 비로소 남의 불행을 보게 되었습니다. 어려운 사람을 위한 재활병원을 짓는 데 사용해주십시오."

아직 중풍이 회복되지 않아 입술이 많이 떨리고 발음조차 정확하지 않지만 마음을 담은 그 고운 목소리에 사무실은 순간 숙연해졌다. 나는 마음속으로 '하느님은 왜 이렇게 선한 사람들에게 불행을 내리시는가' 하는 물음을 던질 수밖에 없었다. 갑자기 눈시울이 붉어졌다. "장애가 많은 것을 앗아갔지만 대신 세상을 아름답게 바라볼 수 있는 새로운 눈을 갖게 했습니다." 그 말을 남기고 부부는 사무실을 떠났다.

이 일이 있기 한 달 전에는 미국 콜롬비아 대학 박사과정으로 유학을 떠나는 이현아 씨가 아르바이트로 번 돈을 보내오기도 했다. 외국계 은행에서 일년 동안 꼬박 고생해 번 알토란 같은 1천만 원이었다. 갑자기 재단 구좌로 그 큰돈이 입금되어 있었다. 이름을 추적해 어렵게 만난 이씨는 800킬로미터가 넘는 피레네산맥 '산티아고' 길을 혼자 걸으며 '앞으로 어떻게 살까'를 고민하다, 우연히 가톨릭 월간지 〈야곱의 우물〉에서 푸르메재단 기사를 읽고 기부를 결심하게 되었다고 했다. 그때 구릿빛으로 그을린 그의 얼굴에서는 빛이 났다.

할아버지가 암으로 입원한 뒤 비로소 할아버지의 소중함을 깨닫게 되었다는 여중생부터 한 해 동안 가족이 건강한 것에 감사한다고 편지를 보낸 주부까지 매일 매일 아름다운 사람들을 만난다. 세상이 험해 살아가기가 무섭다는 뉴스를 자주 접하지만, 뒤돌아보면 그보다 몇 배, 몇 십 배 아름답고 선한 사람들이 우리 주위에 있다. 나보다 약한 사람 나보다 어려운 사람을 배려하고, 내가 가진 것을 조금씩 나눈다면 이 세상은 얼마나 더 아름다워질 것인가.

마음의 상처를 보듬어주세요

그동안 반갑게 맞아주는 병원이 없었기 때문일까. '푸르메 나눔치과'는 연일 장애인 환자들로 발 디딜 틈이 없다. 첫차를 타고 부산에서 올라왔다는 어느 60대 시각장애인 분은 그동안 변변한 치료조차 받지 못하셨는지 "장애인 전용치과가 생겨서 얼마나 좋은지 모르겠다"며 몇 번이나 인사를 하셨다. 사실 이분은 가까운 동네 치과에 가서도 되는데 굳이 서울행을 하겠다고 고집을 피우신다.

어느 날인가는 월요일 아침부터 사무실 전화벨이 불이 나게 울렸다. 청주에서 걸려온 전화였다. 수화기를 들자마자 장애인 전용

치과를 개원했다는 소식을 듣고 너무 반가워 지체장애 1급인 형님을 모시고 올라왔는데, 치과와 연락이 안 돼 속이 까맣게 탔다는 푸념이 쏟아졌다. 지체장애 1급인 형님을 모시고 일요일 내내 서울 거리를 헤매다 다시 청주로 내려갔을 그를 생각하니 가슴이 아팠다.

며칠 전에는 재단 사무실에서 근무를 하고 있는데 갑자기 전화벨이 울렸다. 치과에서 보내온 SOS였다. 열두 살 난 자폐 소년을 치료해야 하는데 겁에 질린 소년이 얼굴과 손발을 심하게 흔들고 있으니 빨리 내려와서 붙잡아달라는 거였다. 간호사까지 포함해 어른 셋이서 소년을 꼭 붙잡았다. 그런데 어디서 그런 괴력이 났는지 소년은 거짓말처럼 세 사람의 손길을 뿌리치고 치료용 의자에서 벌떡 일어나 줄행랑을 쳤다. 우리는 암탉을 놓친 아이처럼 웃을 수밖에 없었다. 그런데 오후가 되자 그 소년이 어머니의 손에 붙들려 다시 왔다. 결국 온몸을 결박당한 채 치료를 받고 무사히 돌아갔다.

장애인 치과를 처음 개원할 때는 환자의 대부분이 나이든 분들일 거라고 생각했는데, 의외로 어린이들이 많다. 선천성 장애로 이를 제대로 닦을 수 없는 데다가 삶에 쫓긴 부모들마저 치아 손상을 대수롭지 않게 여긴 탓이다. 장애 어린이의 대부분은 치아 손상이 심각한 상태다. 이가 상했으니 음식을 제대로 씹을 수 없고, 음식을 제대로 씹을 수 없으니 발육 상태가 온전할 수 없다.

'이런 악순환의 고리를 어떻게 하면 끊을 수 있을까' 고민하던 나는 기업들을 찾아다니기 시작했다. 어린이 장애환자를 위한 치료 기금을 설립하자고 제안하기 위해서였다. 1천만 원이면 100명의 아이들을 치료할 수 있고 보철기구도 마련해줄 수 있으며, 무엇보다 음식을 씹는 기쁨을 줄 수 있다고 설득하지만 흔쾌히 나서는 기업이 없다. 사회공헌을 부르짖는 기업일수록 인색하기만 하다. 장애 어린이의 치아를 고쳐준다고 무슨 홍보가 될까 생각하는 것 같다.

지금은 상황이 나아졌지만 푸르메 나눔치과 개원 초에는 치료용 의자가 두 대에 불과했다. 규모도 웬만한 동네 치과보다 작고 시설도 변변치 못했다. 몸을 심하게 움직이는 어린이를 위한 웃음가스나 누워서 치아 상태를 찍을 수 있는 디지털 파노라마 엑스레이를 구비하는 것은 꿈도 못 꾸었다. 이런 시설에서 치료를 받으려고 새벽차를 타고 부산과 창원, 광주에서 올라오는 장애환자들을 볼 때면 정말 면목이 없었다.

하지만 환자들은 다음에 올 때 다른 치과에 가서 엑스레이 사진을 찍어오라고 주문해도 화를 내기는커녕 연신 "고맙다"고 인사를 했다. 몇 분에게 이유를 물어보았다. 그동안 일반 치과를 수없이 찾았지만 장애인 치료기구가 없다는 이유로, 때로는 환자가 많으니 다른 치과로 가라는 말을 들었다고 했다. 얼마나 많은 상처를 받았을 것인가. 거동이 불편하고 경제적으로 어려운 장애환자들이 받았을 냉대를 미루어 짐작할 수 있었다. 그들이 원하는 것은 손상된 치아에 대한 치료보다도 마음의 상처를 보듬어줄 수 있는 따뜻한 말 한마디가 아니었을까.

어제와 오늘도 푸르메 나눔치과에는 많은 장애인들이 찾아왔다. 장애인뿐 아니라 경제적으로 어려운 분들이 치료를 문의하는 경우도 있다. 시간이 지날수록 더 많은 환자들이 찾을 것이다. 날마다 늘어나는 장애환자를 보면 가슴이 아프다. 더 많은 이들에게 오복 중 하나인 음식을 자유롭게 씹는 기쁨을 줄 수 있는 방법이 없을지 고민해본다.

열린 사회와 기부 문화

"성직과 사회사업이 뭐 다른 건지 아세요. 거창한 것이 아니라 일종의 앵벌이예요!"

3년 전 푸르메재단 이사장이신 김성수 성공회대 총장님을 모시고 대기업 부회장을 만나러 간 적이 있다. 푸르메재단이 장애환자를 위한 재활병원을 짓고자 하니 한국을 대표하는 기업으로서 지원해달라고 요청하기 위해서였다.

그 기업은 모든 것을 회장이 결정하는 1인 체제라고 들었다. 하지만 최근 사회공헌 활동을 의욕적으로 하고 있어 기대를 가졌었다. 여하튼 여든이 다되신 노老 총장님께서 장애환자의 현실을 말쓸하시고 지원을 간곡히 부탁하시는데도 "검토해보겠다"는 형식적인 답변만 돌아오는 상황이 무척 안타까웠다.

그 기업을 방문하고 나오는 길에 속이 상한 나는 "수조 원의 매출을 올리는 기업이 이럴 수 있느냐"고 울분을 토했고, 그때 김 총장님께서 성직자와 사회사업을 앵벌이에 비유하신 것이다. 그 말은 화두처럼 내 가슴에 와 닿았다. 총장님은 "절대로 부자가 앞장서 어렵고 불쌍한 사람을 돕지 않습니다. 겨우 먹고 살 만한 사람이나 살기 어려운 사람이 오히려 흔쾌히 이웃을 돕는 법입니다. 거절당했다고 낙담하지 마세요. 다섯 번은 두드려야 마음이 움직이는 법입니다" 라며 나를 위로하셨다. 그날 나는 총장님께 마음속으로 큰절을 올렸다.

김성수 총장님은 선친께 물려 받은 강화도 유산을 기증해 장애인 작업장인 '우리 마을'을 지으셨다. 그곳에서는 현재 수십 명의 장애인들이 생활하고 있다. 뿐만 아니다. 성공회대 안에서 정신장애 어린이를 위한 학교인 '성베드로학교'를 운영하시는 등 그야말로 평생을 장애인을 위해 살아오신 분이다. 총장님은 지금도 월급을 집에 가져다주지 않는다고 하신다. 대신 월급을 쪼개 어려운 이들에게 나누어주고 계신다.

1990년대 들어 한국 사회와 기업에도 사회공헌 바람이 불고 있지만 기업의 입장에서 보면 사회공헌은 아직 기업 PR의 범주를 벗어나지 못하고 있는 것 같다. 기업 측에서는 감동적인 스토리를 통해 기업을 홍보하는 것이 더 중요하다고 생각하는 모양이다. 그

것을 나쁘다고 단정 지어 말할 수는 없다. 우리 기업들의 사회공헌 수준이 그 정도인 것뿐이다.

지난해 미국 상위 50대 부자들은 73억 달러, 우리 돈으로 약 6조8천6백억 원을 기부해 화제가 되었다. 그런데 미국 부자들이 내놓은 돈은 기업의 것이 아니라 알토란 같은 개인 돈이라고 한다. 우리나라는 개인 돈과 기업자금이 구별되지 않고 회사 재산을 생색내기로 기부하는 경우가 많다. 그렇다고 해서 이를 백안시할 필요는 없을 것이다. 오히려 장려하고 보다 적극적으로 이끌어낼 필요가 있다.

기부의 핵심은 감동이다. 이 감동을 이끌어내는 것은 비영리민간단체인 NGO(Non-Governmental Organization)와 NPO(Non-Profit Organization)의 몫이다. 현재 우리나라 사회단체는 대부분 대기업의 자선과 기부에 의존하고 있는 실정이다. 푸르메재단 같은 시민단체와 비영리기관에서도 사고의 전환을 해야 한다고 전문가들은 지적한다. 아직 개척되지 않은 블루오션이 존재한다는 것이다. 사회공헌의 초기단계에 있는 건실한 중소기업이나 명목상 사회공헌내지 봉사활동을 내걸고 있는 로터리클럽과 라이온스클럽 같은 곳이 바로 그것이다. 그런 곳에 정기적이고 지속적인 사업을 제안하면서 중장기적인 사업을 만들어나가는 것이 앞으로 푸르메재단 같은 단체가 해야 할 몫이다.

그러기 위해서는 첫째, 각 시민단체와 재단은 자산 가치를 키우고 브랜드 파워를 갖춰야 한다. 무엇보다 기부에 대한 반대급부에 인색하지 말라고 전문가들은 충고한다. 미국 대학의 경우 컬리지 전체나 대학 건물에 기부자의 이름을 붙이는 것은 왼손이 한 일을 모르게 하는 것이 아니라 동네방네 떠들어서 그 왼손이 한 일을 알리는 데 있다고 한다. 이것이 개인과 기업의 선행에 대한 보상이라는 것이다.

기업의 기부를 유도하기 위해서는 기부하는 사람들에게 무엇을 해줄 수 있는가를 고민해야 한다. 현재 시민단체가 같이 일을 하는 대상은 주로 기업의 사회공헌팀에 소속된 사람이다. 그런데 우리 기업의 구조상 이들은 의욕적으로 일을 추진하기보다는 기업이나 기업주들에게 적은 비용으로 많은 효과를 내는 것으로 능력을 인정받으려 하는 경향이 있다. 통상적으로 기업에 소속된 직원이 기업주나 기업의 돈을 쓰는 것에 적극적일 수는 없다. 아울러 기업주나 기업 역시 돈을 쓰는 직원을 칭찬하거나 크게 능력을 인정하지 않을 것이 뻔하다. 이런 점을 감안해 시민단체나 비영리재단에서는 기부의 효과를 고민해야 하는 것이다. 이는 염두에 둬야 할 값진 충고이다.

아름다운재단의 경우 박원순 변호사라는 걸출한 인물이 있었기에 지금의 발전이 가능했을 것이다. 이를 고려했을 때, 두번째로 해야 할 일은 바로 단체나 재단도 각각의 역할을 분담하고 그 단체 하면 연상되는 인물을 키우는 것이다. 이를 통해 단체의 지명도를 높이고, 누가 거기서 일하고 어떻게 특화된 조직인지를 알려야 한다.

세번째로 기부한 사람들에 대한 관리도 필요하다. 한 번 기부한 사람에게 또 다른 기부를 이끌어내는 것이 새로운 후원자를 찾는 것보다 열 배는 쉽다고 한다. 이를 위해 기부하고 있는 분들을 위해 후원자 모임이나 감사 콘서트 같은 행사를 열고 가족처럼 동질감을 가질 수 있게 만들어야 한다. 역시 미국 대학의 경우 기부자들을 지속적으로 관리하지만, 특히 이들이 죽기 3년 전부터 집중적으로 관리하는데 이를 두고 혹자는 정신이 혼미할 때 전 재산을 기부할 가능성이 있기 때문이라는 농담을 하기도 한다.

시민단체나 재단이 실질적인 감동 스토리를 끊임없이 발굴하려고 노력하고, 기부받은 기금을 도움이 필요한 사람들에게 제대로, 투명하게 지원될 수 있도록 관리하는 것, 그것이 바로 또 다른 기부를 가능하게 하는 열쇠이다. 기업들은 경기가 위축되고 정부가 주도하는 각종 사업에 내야 하는 성금도 많아져 갈수록 힘이 든다고 한다. 하지만 위기는 기회이다. 어려울수록 나눔을 실천하는 기업윤리가 빛을 발하는 법이다. 이익을 사회로 환원하려는 기업이 늘고, 그 기업이 책임을 다하는 사회단체와 손을 잡을 때 비로소 성숙한 시민사회가 되지 않을까.

제3부

실수는 나의 힘

내 인생의 세 스승

우리 현대사의 거목, 함석헌 옹

우리는 평생 동안 많은 사람들을 만난다. 인생은 만남의 연속이다. 나도 20여 년간 기자 생활과 사업을 하며 수많은 사람을 만났다. 대통령에서부터 범죄를 저질러 감옥에 갇힌 죄수에 이르기까지 만난 사람도 참 다양하다. 그저 스쳐 지나듯 의미 없는 만남도 있었지만 진한 감동이 평생 이어지는 아름다운 인연도 있다. 내가 가장 잊을 수 없는 것은 함석헌 옹과의 만남이다. 젊은 시절 그를 만난 것은 이루 말할 수 없는 행운이었다.

1980년대 초 대학은 신군부의 억압과 통제 속에 신음하고 있었다. 연일 독재 타도를 외치는 시위가 벌어졌다. 선후배와 친구들은 구속됐고 그나마 구속 안 된 사람들은 강제징집돼 군대로 사라졌다. 세상이 온통 잿빛이었다.

어느 여름 일요일 오후 도서관에 있는데 친구들이 찾아왔다. 함석헌 옹을 찾아뵙자는 것이었다. 당시 함석헌 옹은 잡지 〈씨알의 소리〉를 통해 소외된 민중의 힘을 역설하며 무교회주의와 민주화를 부르짖고 계셨다.

수유리 버스 종점에 내린 우리는 묻고 물어 어렵게 함석헌 옹 댁을 찾았다. 마당이 있는 작은 기와집이었다. 30도가 넘는 무더운 여름이었지만 함석헌 옹은 단아한 한복 차림이셨다. 여든이 넘으셨지만 눈빛만은 형형하게 빛났다. 세상의 고뇌를 짊어진 우리는 앉기가 무섭게 질문을 쏟아냈다. 불쑥 내가 먼저 물었다. "선생님! 우리 사회는 지금 어디로 나아가고 있습니까? 이 상황에서 우리가 할 일은 무엇입니까?"

지금 생각하니 참 당돌한 질문이었다. 함 옹은 깊은 생각에 잠기시더니 잠시 후 낮은 목소리로 말씀하셨다. "자네 이름이 뭔가? 무엇을 하기에 앞서 자네 자세부터 고치게. 고개를 꼿꼿이 들고 허리를 곧추세우게. 늘 바른 자세로 문제를 풀려고 노력하게!" 많은 문답이 오갔지만 지금은 잘 기억나지 않는다. 다만 함석헌이라는 우리 현대사의 거목이 지적하셨던 '바른 자세로 바른 생각을 하라'는 말씀이 여전히 뇌리에 남아 있다.

그날 이후 함석헌 옹을 직접 대면할 기회는 없었지만 그날 하신 말씀은 이후 내 삶의 좌표가 되었다. 소련 쿠데타 때 파견돼 내전 상황을 기사로 쓸 때, 강원도 백담사에 은둔했던 전두환 씨를 취재하기 위해 영하 20도의 추위 속에서 벌벌 떨 때, 국내 최초로 하우스맥주 전문점 '옥토버훼스트'를 만들기 위해 투자 설명회를 하러 다닐 때, 푸르메재단 설립허가를 위해 발바닥에 땀 나게 뛰어다닐 때 정말 모든 것을 포기하고 싶었다. 그때마다 "고개를 꼿꼿이 들고 허리를 곧추세우라"는 그 말씀이 화두처럼 내 가슴을 때렸다. 넘어질 때마다 어디서 그런 힘이 나는지 나는 벌떡벌떡 일어날 수 있었다. 힘들고 지칠 때마다 그와의 향기 나는 만남을 되새기게 된다.

한 점 불꽃이요 포효하는 한 마리 사자, 문익환 목사

이런 꿈은 어떻겠소?

그 무덤 앞에서 샘이 솟아

서해 바다로 서해 바다로 흐르면서

휴전선 원시림이

압록강 두만강을 넘어 만주로 펼쳐지고

한려수도를 건너뛰어 제주도까지 뻗는 꿈,

그리고 우리 모두

짐승이 되어 산과 들을 뛰노는 꿈,

새가 되어 신나게 하늘을 나는 꿈,

물고기가 되어 펄떡펄떡 뛰며 강과 바다를 누비는

어처구니없는 꿈 말이외다.

문익환 목사님도 기억에 남는 분이다. 고교 시절 우연히 그분의
시 〈꿈을 비는 마음〉을 읽으며 '아! 열정을 이렇게 시로 표현할 수
있다니!' 하고 감탄했다. 대학 집회에서 만난 그는 그야말로 열혈
청년이었다. 고희古稀를 넘긴 노인네가 때로는 나비처럼 펄럭이
고, 때로는 벌처럼 웅웅거리며 온몸으로 웅변했다.

연단에 오르자마자 카랑카랑한 음성으로 장내를 휘어잡았다.
전태일을 시작으로 이 땅의 민주화를 위해 쓰러져간 열사들의 이
름을 하나하나 불러세웠다. 그가 일깨운 혼령이 몰려오는 듯했다.
그때 그의 두 눈에서는 눈물이 줄줄 흘렀다. 그 연세에도 아이 같
은 순수성으로 시냇물 같은 눈물을 흘리고 있었다. 빛바랜 한복에
반백의 수염을 휘날리며 연설하는 그는 한 점 불꽃이요, 포효하는
한 마리 사자였다. 매번 나는 먼발치에서 어린 시절 나에게 꿈을
심어준 그를 지켜보는 것으로 만족해야 했다.

그러다 방북사건으로 3년간의 수형생활을 마치고 세상으로 나
온 문 목사님을 취재원과 기자로 만날 기회를 가졌다. 몇 년 전 사
자후獅子吼를 토하실 때와 달리 머리카락과 수염이 많이 빠지셨고
그 좋던 풍채마저 많이 상해 있었다. 내가 "목사님의 〈꿈을 비는
마음〉을 읽었을 때의 감동을 잊을 수 없습니다"라고 말문을 열자,
목사님은 "내가 한 젊은이를 낚았군요"라며 미소년의 얼굴로 환

하게 웃으셨다.

내가 궁금한 것은 '그가 그토록 열망하는 것이 무엇이고, 무엇이 그로 하여금 그처럼 열정적인 삶을 살게 하는가 하는 것'이었다 "내 평생 소원은 하루빨리 평화통일이 돼서 우리 민족이 오순도순 사는 것입니다. 어려서 이국 땅 간도에 살던 설움이 이제는 남북으로 분단된 조국에서 사는 고통으로 변했습니다. 김구 선생이 38선을 베고 죽겠다는 심정을 이해할 것 같아요. 우리 민족이 바로서기 위해서는 이 땅이 하루빨리 민주화되고 통일돼야 합니다. 내 목숨을 바쳐 조국 통일을 위한 작은 싹을 틔웠다면 여한이 없겠습니다." 눈물을 뚝뚝 흘리며 듣던 저 깊은 곳에서 울려퍼지던 그의 연설만큼이나 감동을 주는 말이었다. 문 목사님을 만나고 싶다던 내 오랜 꿈이 이루어지는 순간이었다.

가장 가난하고 가장 청렴한 사람, 제정구 전 국회의원

가난한 사람들의 아버지 제정구 전 국회의원도 내 삶에 큰 영향을 주신 분이다. 그의 모습을 생각할 때마다 말할 수 없는 경건함에 젖는다. 제정구 의원하면 떠오르는 것은 소년 같은 미소와 자신의 이상을 실천한 삶, 그리고 담배다. '고생 끝에 낙이 온다'고 시흥에서 오랜 빈민운동 끝에 국회의원 금배지를 달았으니 얼굴이 펴질 만도 한데 국회의원회관에서 만난 그의 표정은 대체로 어두웠다. "제 선배! 얼굴 좀 펴세요!"(국회 출입기자들은 나이 차가 좀 나더라도 국회의원들에게 선배란 호칭을 사용하기도 한다) 하고 말하면 "노동자, 도시 빈민 같은 어려운 사람들의 상황은 더 나빠지는데 좋은 일이 있어야지!" 하고 담배를 뽑아들던 모습이 선하다. 다시 만나기 쉽지 않은 애연가리라.

그의 삶의 중심에는 늘 어려운 사람들이 있었다. 국회의원회관으로 찾아가면 전국에서 온 편지가 산더미 같았다. 부당한 대우를 받는 노동자와 벼랑까지 몰린 농민이 그들의 고통을 호소하는 편지들이었다. 제 의원은 그 편지들을 읽으면서 "백형! 어떻게 하면 이들을 도울 수 있을까?" 하고 물었다. 가난한 사람이 더 가난하게 되는 사회의 모순을 고치는 데 모든 열정을 쏟았던 그가 세상을 일찍 떠난 것은 무척 아쉬운 일이다.

얼마 전 시흥에 있는 '작은자리 종합복지관'에서 행사가 있어서 갔다가 1층 로비에서 우연히 제 의원의 흉상을 접하고 왈칵 눈물을 쏟을 뻔했다. 특유의 경상도 진주 사투리로 "백형! 뭐가 그리 바빠! 나랑 담배나 한 대 펴!" 하는 그의 목소리가 들리는 듯했다.

그는 청계천 판자촌 야학 교사를 시작으로 소외계층을 위한 빈민운동에 평생을 투신했다. 청계천에서 쫓겨난 사람들을 이끌고 영등포 양평동으로 갔지만 강제 철거당하자, 다시 그들을 이끌고 시흥에 정착해 20여 년간 빈민운동을 벌였다. 제정구 의원은 임기 동안 국회의원과 비서관의 봉급을 합해 똑같이 최소한만 분배하고 나머지는 모두 지역 주민을 위해 사용했다. 국회의원이 된 후 사정기관에서 허물을 찾으려고 뒷조사를 했는데 지역 주민의 딸을 취직시키기 위해 청탁을 한 것말고는 먼지 한 톨 나오지 않아 조사를 담당했던 사람들이 "이렇게 청렴한 분이 우리 사회에 있는 것이 자랑스럽다"고 할 정도였다고 한다. 제 의원의 인품을 보여주는 이야기이다.

국회의원에 당선돼서도 철거민, 도시 빈민이 부르는 곳이라면 어디라도 달려가 밤새 그들의 고민을 들어주었다. 늦은 밤 어느 상갓집에서 만난 그는 거나하게 취해 있었다. "백형! 세상이 만만치 않아, 국회에 들어오면 무언가 빛이 보일 것 같았는데 아직 캄캄한 밤중이야. 얼마나 더 가야 아침이 될지 모르겠어." 술에 취해 넋두리를 늘어놓는 그의 모습이 아름다워 보였다.

어느 날 갑자기 폐암으로 우리 곁을 떠난 그는 역대 국회의원 중 가장 가난하고 가장 청렴한 사람으로 기억되고 있다. 아니 내가 만난 사람 중 가장 청렴하고 건강한 분일 것이다. 젊은 시절 그를 만난 것은 내 인생에 큰 행운이다. 죽기 전에 제정구 의원 같은 분을 한 번 더 만날 수 있다면 얼마나 행복할까.

나의 어머니

내가 어린 시절 어머니는 고우셨다. 넓은 이마, 오똑한 콧날, 부드러운 눈매에 살결도 눈처럼 하얬다. 서른여덟 살, 옛날 같으면 손자 볼 나이에 늦둥이로 나를 낳으셨다. 유년 시절 사진 속에 서 계신 어머니가 내 눈에는 탤런트 김태희보다 곱고, 이다해보다 청순하다.

어머니는 예순여섯 살 한창 나이에 돌아가셨다. 그렇게 아프다는 췌장암으로 2년간 투병생활을 하셨으니 그 고통이 얼마나 컸을까. 어머니는 병석에서 고통을 참으시며 내게 물으셨다. "나를 살려줄 수 있겠니?" 어머니의 수술에 참여했던 내과의사인 내 친구는 가망이 없다고 했다. 내가 대답을 못하자 "내가 살아날 수는 없구나. 그럼 죽을 준비를 해야겠구나" 하고 말씀하셔서 나를 한참 동안 울게 하셨던 기억이 생생하다. 그런데 어쩐 일인지 내 기억 속의 어머니는 뼈만 앙상하게 남아 죽음을 기다리는 백발의 할머니가 아니라 흑단같이 빛나는 머리에 꽃보다 고운 젊은 모습으로 남아 있다. 참 다행이다. 지금도 가끔 어머니가 그리울 때면 옛 앨범을 뒤적인다. 사진 속 어머니는 지금의 나보다도 젊다.

어머니는 수줍음이 많으셨다. TV가 귀하던 시절 어머니의 유일한 취미는 새로운 영화를 보기 위해 극장을 찾는 것이었다. 당시 어머니는 남대문시장에서 작은 양품점을 시작하셨는데, 김지미와 문희, 남정임 주연의 영화가 남대문극장에 새로 들어오는 날이면 시장통에서 놀고 있던 나를 찾으셨다. "경학아! 어디 있네? 날래 오라우" 하는 어머니 목소리가 들리면 나는 양품점으로 부리나케 달려갔다. 그러면 벌써 영화관 갈 준비를 마치신 어머니 손에는 동네 떡 방앗간에서 받은 자주색 보자기가 들려 있었다.

어머니에게 영화 관람은 큰 기쁨이었지만 다섯 살배기인 내가 좁은 의자에 앉아 내용도 알 수 없는 영화를 보는 것은 참을 수 없는 고통이었다. 영화가 시작되면 나는 발로 앞좌석을 툭툭 건드려 보기도 하고 목을 빼고 영화관 이곳저곳을 휘휘 둘러보다가 사랑을 속삭이고 있는 젊은 남녀를 발견하곤 어머니에게 일러바치기도 했다. 그러다 "머리 좀 숙이세요"라는 항의를 듣기도 했다. 어머니는 내가 움직이지 못하도록 보자기로 두 다리를 동여매기도

하셨다. 그러면 나는 이번에는 영화관의 캄캄한 공간을 빈틈없이 연구해나갔는데, 가끔은 앞좌석 밑에 떨어져 있는 동전을 줍는 기쁨을 맛보기도 했다.

상영 시간에 비례해 내 인내심은 점점 바닥이 났고, 그러면 어머니는 보자기 안에 감춰두었던 땅콩과 오징어, 때때로 그 귀한 바나나를 꺼내주셨다. 그런데 이상하게도 영화를 보다보면 남녀 주인공이 부둥켜안고 신음소리를 내는 경우가 많았다. 그러면 이때부터 보자기는 또 다른 용도로 쓰이기 시작했다. 어머니는 잠시 난감한 표정을 지으시고는 내 얼굴에 보자기로 씌우시는 것이었다. 가끔 보자기가 잘못 씌워져 스크린이 빤히 보이기도 했다. 그러면 어머니는 당황해하시며 보자기를 다시 씌우려다 내 목을 누르기도 하셨다. 내 입에서 서서히 신음소리가 터져나오면 어머니는 어김없이 내 손바닥에 10원짜리 동전을 쥐어주셨다. 나는 이렇게 영화관에 다닌 덕분에 가게와 동네 담벼락에 붙은 광고 포스터 속 배우들을 알아보고 이름을 줄줄 외울 수 있었을 뿐 아니라 어머니에게 받은 10원으로 동네 아이들에게 사탕을 나눠줄 수도 있었다. 동네 조무래기들에게 나는 감탄과 존경의 대상이었다.

어머니의 고향은 압록강 주변에서 산세가 험하기로 유명한 의주군 고령삭면이다. 숲이 우거지고 인적이 드물어서 호랑이가 나타나기도 했다고 한다. 열여덟 살의 어머니는 얼굴조차 보지 못한 채 두 살 위인 아버지에게 시집오셨다. 해방 때 우리 집은 10여만 평의 밭과 산, 광산을 소유한 부농이었다고 한다. 어머니는 자작농 집안 출신이었지만 외할아버지의 강한 남아선호사상 때문에 초등학교조차 다니지 못하셨다. 평양의대를 간 오빠의 어깨 너머로 한글과 한문을 깨우치신 어머니는 학교에 다니지 못한 것을 늘 한탄하셨다.

아무튼 우리 백씨 집안에 시집오신 뒤 어머니의 삶은 우리 현대사의 굴곡만큼 순탄치 못했다. 하긴 36년간의 일제시대와 감격적인 광복, 북한 사회주의 정권의 수립, 목숨을 걸고 감행한 월남, 뒤이어 터진 6·25전쟁과 부산 피난생활로 이어지는 우리 민족의 역사적 고난 속에서 그 누가 자유로울 수 있었을까.

우리 집이 소유한 광산에서 어느 날 주먹만 한 금덩어리가 터져나온 것이 사건의 발단이었다고 한다. 금덩어리가 나왔다는 소식을 듣고 사람들이 몰려든 것은 불에 기름을 부은 격이었다. 가뜩이나 우리 집은 요주의 대상이었는데 금맥까지 터지자 북한 정권으로부터 생명을 위협받은 할아버지는 아버지 형제만 이끌고 야반도주를 결심했고, 평양과 해주를 거쳐 서울로 오셨다고 한다. 하지만 어머니에게 남한은 안식의 터전이 아니라 또 다른 역경의 땅이었다. 서울에 정착한 이듬해 6·25전쟁이 발발하자 아버지마저 국군에 입대하셨다. 어머니는 이때부터 시부모와 시동생들, 자식을 책임지는 며느리 가장이 되어 집에서 만든 담배, 양초, 봉투 등을 부산시장에 내다 파셨다. 돈을 벌어본 경험이 없는 할아버지를 대신해 어머니가 큰누나를 들쳐 업고 생활전선에 뛰어든 이야기는 눈물 없이는 들을 수 없었다.

수줍음 많던 어머니에게 부산 피난살이는 자갈치시장 아줌마보다 억세고 강인한 평안도 여성으로 변화시키는 계기가 되었다. 이런 배경에는 평안도가 조선으로 편입되기 전 어머니의 피 속에 남아 있을지 모르는 말갈족과 거란족의 거친 유전자가 작용했는지도 모른다. 아무튼 어머니는 내 손을 잡고 극장에 가던 수줍은 아낙네였지만 때로는 호랑이보다 무서운 어머니였다. 어머니에게서 강한 품성이 나타나기 시작한 건 남대문시장의 양품점을 정리하고 동대문시장에 포목점을 여신 그즈음이었을 것이다.

어머니는 가끔 대학생 큰누나, 고등학생 형, 초등학생 작은누나, 유치원생인 나를 불러놓고 우리 백씨 집안의 낭비벽을 한탄하셨다. 평소 어머니는 비누를 세 번 이상 문지르지 않으셨고 비싼 치약 대신 소금을 사용하셨다. 검소와 절약이 몸에 밴 어머니에게 친구 좋아하고 술을 즐기시는 아버지와 전깃불을 안 끄고 자는 우리 남매는 낭비의 화신들이었다.

어머니는 살아생전 수많은 어록을 남기셨다. "공산주의가 무서워 목숨 걸고 이곳에 왔는데 공산주의보다 훨씬 무서운 것이 남한에 있다는 것을 깨달았다. 그것은 네 아버지와 너희 사남매의 몸에 붙은 '쓰자주의' 다." "깨우기 전에 일어나 있는 놈은 성공할 놈이요, 깨워야 일어나는 놈은 겨우 밥벌이나 할 놈이고, 깨워도 일어나지 못하는 놈은 희망이 없다. 어떤 놈이 될 것인지 너희들이 선택을 해라." "백씨 성을 가진 사람들은 돈이 생기면 쓰지 못해 꿀단지를 손에 든 곰처럼 닝큼닝큼 뛰는 습성이 있다. 하루빨리 고치지 않으면 안된다." 그러시다가도 장사가 잘된 주말에는 기분을 내셨다. "남부럽지 않게 뭘 먹고 싶은지 말해라. 아낄 때가 있으면 때론 쓸 줄을 알아야 한다."

중학교에 들어가기 전까지 나는 할아버지, 할머니와 한 방을 썼다. 할아버지가 매일 새벽 텔레비전을 켜셨는데 거기서 나오는 애국가와 매일 새벽 동네 스피커를 통해 울려퍼지는 새마을운동 노래 때문에 더이상 잠을 잘 수 없었다. 그럴 때면 나는 새벽 일찍 일어나 마루에 걸터앉아 있곤 했는데 아침을 짓기 위해 부엌에 나오시던 어머니는 이런 나를 발견하고는 "그래도 네가 가능성이 보이는구나. 머리 좋은 사람도 부지런한 사람한테는 당하지 못하는 법이다" 라고 하셨다. 매일 새벽 울려퍼지는 새마을운동 노래와 할아버지 덕분에 난 부지런한, 가능성 있는 자식이 되었다.

현재 우리나라에는 많은 외국인 이주민들이 살고 있다. 외국인에게 배타적인 한국에 정착해 삶의 뿌리를 옮겨 심은 이들에게 중요한 것은 과연 무엇일까. 그것은 아마도 배곯지 않고 돈 벌어 자식 공부시키고, 자식들이 한국 사람들에게 손가락질받지 않으며 이 사회에 적응해 살아가는 것이 아니겠는가. 아마 60년 전 북한에서 내려온 어머니의 바람도 지금의 외국인 어머니의 그것과 같지 않았을까. 어떻게 하면 우리 사남매를 제대로 공부시켜 대학 보내고 하루빨리 남한 사회의 중요한 일원으로 만들 수 있을까 하는 바람 말이다.

조금 과장되게 말하자면 쉰 살 이후 어머니의 종교는 돈이었다. 어머니는 돈의 힘을 믿는 열렬한 신자였다. 남한 땅에서 믿을 수 있는 것은 경제력뿐이었다. 그즈음 영화 대신 어머니가 새롭게 발견한 즐거움은 장사를 마치신 뒤 돈을 세는 일이었다. 하루는 어두운 방에서 돈을 세고 계신 어머니를 발견했다. 어머니에게 돈을 세는 것이 어떤 의미인지 물었더니 갑자기 환한 미소를 지으시며 "나는 돈 힘으로 산다. 그날 번 돈을 셀 때마다 이렇게 힘이 솟는구나" 하고 말씀하셨다.

어머니는 포목점 일을 그만두시기 전까지 돈을 버셨다. 그런 어머니가 싫었지만 나는 어머니에게 매달려 매번 용돈과 학비를 받았다. 어떻게 보면 어머니는 사람 좋은 아버지와 줄줄이 고등학교와 대학교에 들어가야 했던 우리 남매를 공부시키기 위해 그렇게 사실 수밖에 없었다는 생각이 든다. 우리 사남매가 서울에서 대학을 나와 집칸이나 마련해 편안히 살 수 있는 것은 어머니 덕분이다. 시부모와 남편, 네 명의 자식을 위해 이른 새벽부터 헌신하셨던 어머니는 일요일 오후 낮잠이라도 주무시는 날에는 뼈마디가 쑤신다고 고통을 호소하셨다. 그러시다가도 "내가 오늘 편하게 지내니 하느님이 벌을 주시나보다"라며 다시 일거리를 만드셨다.

어머니는 환갑이 넘어 포목점을 정리하신 뒤 불과 3년 만에 오지 못할 길을 떠나셨다. 병석에서 어머니는 고향집 뒷산에 있는 전나무가 얼마나 높고, 집 앞을 흐르는 냇물이 얼마나 맑았는지 회상하시곤 했다. 시집온 뒤로 다시는 고향집을 찾지 못하신 어머니. 산부인과 의사였던 오빠마저 미국으로 이민을 떠나자 어머니는 늘 홀로이셨다.

평생 여행 한번 못가보고 돌아가신 내 어머니는 하늘나라에서 평온을 찾으셨을까. 150센티미터가 겨우 넘는 5척 단구를 한탄하셨던 어머니. 후암동 남산 기슭에 있던 작은 기와집에서 졸린 눈을 비비고 나와 연탄불을 가시던 젊은 날의 어머니가 눈에 선하다. 내게는 꽃보다 고운 어머니가 몹시 그립다.

우리 집 귀염둥이

　세상 물정 모르던 초등학교 3학년 때 큰누나가 훌쩍 시집을 갔다. 나와 누나의 나이 차이는 무려 열다섯 살이나 난다. 어머니는 나를 낳고 큰누나 보기가 부끄러워 숨었다고 하신다. 나에게는 엄마와 같던 누나였다.

　나는 큰누나의 결혼식 날 얼마나 기뻤는지 모른다. 첫딸을 시집보내며 섭섭해하시던 부모님과 달리 나는 행복했다. 말은 안 했지만 참 다행이라고 생각했다. 맞벌이를 하셨던 어머니가 출근하시고 나면 군기반장처럼 호령하던 큰누나였다. 방 상태를 점검하고 손톱, 발톱 검사까지 받다가 조금이라도 빈틈이 보이면 예외 없이

야단을 맞았다. 큰누나는 어릴 때부터 '평안도 아줌마' 처럼 성격이 괄괄했다.

이미 오랜 시간이 흘렀지만 큰누나가 포효하던 1960년대 후반의 시절이 생각난다. 우리 가족은 후암동의 작은 기와집에서 할머니와 할아버지, 부모님, 그리고 4남매가 함께 살았다. 지금 생각해 보면 대가족이다. 요즘은 냉장고에 먹을 것이 즐비하지만 그때는 군것질말고는 특별히 단것을 먹을 기회가 없었다. 겨울밤이면 창문으로 '메밀묵이나 찹쌀떡'을 사라고 외치는 소리가 얼마나 입안에 군침을 돌게 했는지.

우리 집은 포목점을 하고 있었지만 어머니는 먹는 것을 돌같이 아셨고 맞벌이를 하셨기 때문에 음식을 만들 시간도 없으셨다. 그러니 우리 4남매는 늘 배가 고파 군것질거리를 찾아 헤맸다. 두 분 모두 평안도 분이고 빈손으로 월남해 가정을 일구셨으니 강하실 수밖에 없었다. 그래서 어릴 때 우리 집 가훈은 '자력갱생' 이었다. 무슨 재건회 모토 같기도 하다. 나중에는 '공산주의보다 무서운 것은 쓰자주의다' 등 몇 개가 더 늘기도 했다.

눈이 오는 추운 겨울날이면 대학생인 큰누나, 고등학생인 형, 초등학생인 작은누나가 용돈을 모아 가끔 후암동 버스 종점에서 파는 호떡을 사먹곤 했다. 심부름은 작은누나 몫이었는데 가끔 나한테까지 차례가 돌아오기도 했다. 호떡 한 조각을 먹을 수 있다는 기대와 호떡이 식으면 안 된다는 생각에 봉투에 담긴 호떡에서 새나온 검은 국물이 옷에 흐르는 것도 모른 채 가슴에 품고 집으로 달려오곤 했다. 그러면 큰누나와 형은 수고의 대가로 호떡을 하나 내밀었고, 나는 기쁨에 차서 상장을 받듯 두 손으로 공손히 호떡을 받아들었다.

호떡은 때론 통닭으로, 때론 순대로 바뀌기도 했다. 그런데 지금은 아무리 통닭과 순대를 먹어도 그때처럼 맛있지 않다. 왜 그럴까? 아마도 그때처럼 귀하지 않기 때문일 것이다. 뭐든지 많으면 귀한지를 모르지 않는가. 빈 병을 팔아 용돈을 모으고 그것을 절약해가며 지내던 4남매가 가진 것을 모두 털어 통닭과 호떡을 사먹는 것과, 요즘처럼 늘 주머니에 들어 있는 돈으로 마음대로 시켜 먹는 것과는 다르지 않은가.

나는 어린 시절 유난히 그런 추운 날에 대한 추억이 많다. 아마 모두 어렵던 시절이라 더 춥게 느껴졌고 그래서 추억이 선명한지도 모르겠다. 큰누나, 형, 작은누나가 좋은 중학교와 고등학교, 대학교에 들어가면 온 가족이 중국집으로 몰려가 잔치를 벌였지만, 누구라도 입학시험에 떨어지면 모두 슬픔에 잠겼고 나 역시 풀이 죽어 가족들 눈치를 살폈다.

지금은 서울 시내 한복판이 되었지만 당시는 논두렁이었던 한남동 단국대학교 앞까지 무려 3킬로미터나 되는 곳까지 빈 페인트 통을 들고 가 개구리를 잡아온 적도 있었다. 막상 개구리를 잡아와서는 마땅히 둘 곳이 없어 큰누나 책상 아래 숨겨놓았다가 큰누나가 학교를 마치고 돌아와 방문을 여는 순간, 수십 마리의 개구리가 일제히 뛰쳐나와 온 가족이 혼비백산했던 일도 있었다.

그 일로 나는 어머니와 누나로부터 흠씬 두들겨 맞기도 했다. 그때 온 집 안을 뛰어다니며 울어대던 개구리 소리가 지금도 들리는 듯하다.

옛날에는 왜 그렇게 다들 살기가 힘들었는지. 어릴 때는 그게 싫었지만 이제는 그때가 그립다. 시간이 지날수록 잊혀지기는커녕 흑백사진처럼 한 장면 한 장면이 되살아나 아름답게만 느껴진다. 그때를 아십니까? 그때는 가난했지만 헝그리 정신과 삶과 먹을 것에 대한 경건함, 무엇보다 미래에 대한 푸른 꿈을 가졌던 시절이었다.

집사람과 딸 민주가 어제 큰누나의 결혼식 날 찍은 내 사진을 발견하고는 "이게 당신 맞아?" "아빠 맞아?" 하고 놀라더니 이제 '우리 집의 귀염둥이'라고 나를 부르고 있다. 그동안 배가 좀 나왔다고 놀리던 '거미형 인간'에서 벗어나 일거에 귀염둥이로 올라섰다. 좋은 일이 많이 생기려나보다. 30여 년 만에 다시 집안의 귀염둥이가 됐으니 말이다.

남산과 함께한 유년의 기억

남산과 함께 어린 시절을 보낸 나에게 남산은 남다른 의미가 있
다. 1960년대와 1970년대 초반, 남산에는 그때 막 순환도로가 생
기기 시작했었다. 자동차 매연과 시야를 가리는 고층빌딩이 없었
기 때문에 멀리 한강대교까지 한눈에 바라볼 수 있었다.

지금의 후암동과 이태원, 보광동을 당시에는 해방촌이라고 불렀
다. 8·15해방과 6·25전쟁 때 북한에서 월남한 이북 사람들이 판
자집촌을 이루고 살았기 때문이다. 대부분 남대문과 동대문시장에
서 좌판을 벌이거나 작은 상점에 물건을 펼쳐놓고 고단한 삶을 이
어가던 시절이었다. 가족들 몸 건강한 것이 유일한 재산이었다.

해방촌에서 번듯했던 집은 일본 사람들이 살던 이층짜리 적산 가옥이었다. 그 집들 사이로 성냥갑 같은 판자집이 줄지어 있고 좁은 골목마다 두 줄기 콧물을 흘리는 개구쟁이들이 넘쳐났다. 나도 이곳에서 유년을 보냈다. 친구가 살고 있던 적산 가옥에 하얀 배꽃이 꽃망울을 터뜨릴 때면 조무래기들과 몰려가 배꽃을 앞다퉈 따먹던 기억이 선명하다. 하얀 꽃에서 나오는 단맛은 그야말로 꿀맛이었다.

남대문 앞에 있던 초등학교가 파하면 남산 야외음악당 광장으로 몰려가 아이들과 축구시합도 하고 술래잡기도 했다. 그때는 왜 그렇게 배가 고프고 또 아팠는지, 길거리에서 파는 냉차와 불량식품을 사먹으면 행복했지만 이윽고 배를 움켜쥐고 숲속으로 달려가야 했다. 당시 야외음악당 옆에는 서울 시내를 다니던 전차 한 량을 기념으로 전시하고 있었는데, 숨기 위해 그 안에 들어갔다가 아이들이 싸놓은 배설물을 보고 혼비백산한 경험이 있다.

친구들과 그렇게 남산에서 정신없이 놀다 해가 지고도 한참 후에 집으로 돌아가면, 어머니는 걱정스런 얼굴로 집 앞 골목 입구에 서서 나를 기다리고 계셨다. 나를 발견한 어머니는 내 등을 때리시면서 평안도 사투리로 "간나 새끼, 정 이러간! 학교 파하문 날래 오라우!" 하고 야단을 치셨다. 그런 날은 저녁을 겨우 얻어먹은 뒤 곧바로 쓰러져 잠들었다. 돌이켜 생각하면 그때가 가장 행복했던 시절이 아닌가 싶다.

요즘처럼 학교가 끝나도 집에 못 가고 학원을 전전하는 아이들을 보면 너무 안타깝다. 한창 뛰어놀 나이에 학원에 갇혀 뭘 그렇게 많이 배워야 하는지 모르겠다. 부모들이 아이들의 행동반경을 손금 보듯 꿰고 있으니 어디 달아나 놀 틈도 없다. 놀려고 해도 다른 아이들이 모두 학원이다 과외다 바쁘니 덩달아 다닐 수밖에. 참 불행한 현실이다. 그때는 부모님들이 못 배우셨고 먹고사는 게 바빠서 아이들에게 별다른 신경을 쓰지 못했다. 지금 생각하니 그것이 우리들이 행복했던 이유였던 것 같다.

　가을이 되면 노란 은행잎으로 뒤덮인 남산이 생각난다. 그 가을을 생각하면서 부족하지만 시를 하나 적어보았다.

　남산의 가을

　이른 새벽 곱은 손을 비비는
　남대문시장 상인 틈을 지나
　나만의 후암동 비탈진 길을 택하고 싶다

　김구 선생의 동상에 도착하면
　먼저 잠에서 덜 깬 북악산을 바라보며
　담배 연기를 훅 하고 내뿜으리라
　그리하여
　이태원과 삼각지, 해방촌의 작은 집들을 작은 손길로 더듬어
　마침내 아스라이 보이는 한강철교에

내 시선을 고정할 것이다

은행잎 융단을 밟다가
아직 초록색 잎사귀라도 발견하면
아아, 아직 여름은 끝나지 않았다고
탄성을 외치리라

이제는 다시 오지 않을 가을을 생각하며
더 늦기 전에
남산의 노란 가을을 붙잡고 싶다

05

장모님과 개고기

내가 아내를 만난 것은 서울 혜화동 성균관대 정문 앞에 있는
카페 '미셸 푸코'에서였다. 20년 전 일이다. 아내는 대학원을 졸
업하면서 서울시 전문직 공무원으로 합격해 발령을 기다리고 있
었고, 나는 외무부에 출입하던 초년병 정치부 기자였다. 북한 핵문
제와 중국과의 수교 협상, 걸프전쟁 등 눈만 뜨면 무섭게 터져나오
는 사건들에 매달리다보니 몸과 마음이 파김치가 되어 있었다.
'총보다 펜의 힘으로 우리 사회를 변화시킬 수 있다'는 생각에서
기자 생활을 시작했지만 시간이 지나면서 기자가 얼마나 나약한
존재인지 알게 되었고 그로 인한 무력감에 정신적 고통도 만만치

않았다. 20대의 마지막 고개를 허덕허덕하며 숨 가쁘게 넘어가고 있던 시기였다. 이런 내 모습이 불쌍해 보였는지, 하루는 고등학교 친구가 전화를 했다. "괜찮은 여자가 있으니, 무조건 나와라." 한 마디로 명령이었다.

나는 장차 만나게 될 사람이 무엇보다 직선적이고 투명한 성격이기를 바랐다. 오래전부터 마음속에 배우자의 세 가지 조건을 갖고 있었는데 첫째, 인문사회과학을 전공했을 것. 그래야 평생 사회적인 문제에 대해 토론할 수 있고 동지적인 유대감을 가질 수 있을 것 같았다. 둘째, 수입이 없더라도 평생 최선을 다하고 만족할 수 있는 자기 직업을 가질 것. 셋째, 가능하면 서울이나 경기도 출신일 것. 명절 때마다 고향 가는 길이 고생길이 되는 것을 보았고 언어와 관습의 차이가 나이 들수록 큰 벽으로 작용할 것 같았다. 이런 문제로 갈등을 겪는 사람들을 보면서 가능하면 이 세 가지 조건이 충족되는 사람과 결혼을 하겠다고 일찌감치 결심을 했다.

약속 장소인 2층 카페에 일찍 도착해 창밖을 바라봤다. 그때 성대 정문 앞에 빨간 블라우스에 청바지를 입은 여성이 시야에 들어왔다. 큰 우산을 들고 있는 것이 인상적이었다. 무엇이 그리 좋은지 혼자 웃고 있는 옆모습이 보기 좋았다. 그녀가 바로 내가 소개받기로 한 사람이었다. 나와 아내, 소개를 주선한 내 친구, 그리고 그와 나중에 결혼한 아내의 대학 동기 등 우리 네 명은 광화문의 한 횟집으로 자리를 옮겼다. 우리는 오랜 친구처럼 사회·정치·문화 등 여러 분야를 넘나들며 많은 얘기를 나눴고, 취할 정도로

술을 많이 마셨다. 대화를 하다보니 아내는 모든 것이 똑 부러지는 성격이었다. 그날 밤 아내를 먼저 차에 태워 보낸 나는 밤늦게서야 집에 들어갔다. 형님이 자지 않고 기다리고 있었다. "소개받으러 간다더니 누구와 싸우다 왔니? 머리에 피가 흐른다."

'웬 피?' 이마를 더듬는 순간 머리 한가운데서 피가 흥건히 묻어났다. 횟집 화장실 천장이 유난히 낮아 꿍하고 머리를 부딪힌 기억이 났다. 형님은 빙긋이 웃더니 "너, 결혼하겠구나"라는 말을 남기고 방으로 들어갔다. 형님의 예언처럼 나는 아내와의 만남을 운명으로 받아들였다. 우리는 곧 약혼을 했고 6개월 뒤 결혼했다.

그런데 결혼식을 앞두고 큰 사건이 하나 발생했다. 우리 집에는 잡종 진돗개인 '복실이'가 있었다. 개를 먹지 않는 집안이니 복실이는 먹을거리가 아닌 당당한 우리 가족의 일원이었다. 약혼식 직후 단층이었던 우리 집은 3층으로 증축 공사를 하게 되었다. 집을 짓기 시작하자 공사판 한가운데 놓인 처량한 신세가 된 복실이를 맡길 만한 곳이 없어 고민하던 나는 예비 처갓집을 찾아갔다. 장모님께 "복실이는 가족이나 마찬가지니 잘 돌봐주십시오"라고 몇 번이나 신신당부를 드린 뒤, 내게서 떨어지지 않으려는 복실이를 남겨놓고 집으로 돌아왔다.

사실 약간 불안한 구석이 있었다. 처음 처갓집에 인사를 갔을 때 냉장고 문을 열었다가 깜짝 놀란 일이 있었기 때문이다. 냉장실 서랍마다 웬 동물의 다리가 차곡차곡 쌓여 있는 것을 보았던 것이다. 아내에게 물었더니 개고기라고 했다. 성당 일에 열심이신 장모님께서 개고기를 즐기는 신부님과 손아래 처남을 위해 여름 한철 먹일 개고기를 비축해두신 것이었다. 회사 일이 바빠서 복실이를 까마득히 잊고 지내던 나는 결혼식을 한 달 남겨두고 처갓집을 찾았다. 그런데 웬일인지 나를 반갑게 맞아야 할 복실이가 보이지 않았다. 어디 산책이라도 간 걸까. "장모님! 복실이가 보이지 않네요? 어디 갔나요?"

그러자 청천벽력 같은 말이 돌아왔다. 장모님은 얼굴색 하나 변하지 않으시고 "너무 짖어서 내가 먹었네." 나는 정신이 혼미해지고 다리에 힘이 풀렸다. 내가 잘못 들은 것이겠지 하고 내 귀를 의심했다. "네? 무슨 말씀이세요. 복실이를 드셨다고요?" "그럼, 여보게. 사람이 개를 먹지, 개가 사람을 먹나? 날마다 시끄럽게 짖어대서 내가 잡아먹었네." 이번엔 정신이 완전히 나가버렸다. 아내가 나를 부축해 거실로 데려갔다. 아무 생각도 나지 않았다. 축 늘어진 나를 보고 장모님이 말씀하셨다. "자네! 이렇게 심약해서 어떡하겠나. 복실이는 천당 갔네. 죽어서도 좋은 일 했으니 너무 애석하게 생각하지 말게. 개가 사람을 위해 육보시를 했으니 그보다 좋은 일이 어디 있겠는가!"

아무튼 이 사건으로 나는 며칠 동안 개고기를 즐기는 아내의 집안과 결혼을 해야 하나 고민을 했다. 개를 즐기시고 활달한 장모님을 닮아 아내는 시원시원한 성격이었다. 하지만 아내마저 우리 집에 시집와 개를 즐긴다면 그건 용납할 수 없었다. 결혼식 전 앞으로는 절대 개고기를 먹지 않겠다는 아내의 다짐을 받은 뒤 나는 결혼을 승낙했다. 여름철이 되면 나는 만나는 사람들에게 묻곤 한다. "개 혀?" 혹은 "개 하세요?" 개고기를 먹는다고 대답하면 왠지 그때부터 그 사람을 조심하게 된다.

실수는 나의 힘

"삐~! 삐~! 삐~!"

낭패가 아닐 수 없었다. 김이 무럭무럭 나는 목욕탕 안에서 삐삐음이 끊임없이 울려퍼졌다. 벌써 20년 가까이 된 사건이다. 기사를 쓰느라 밤을 꼬박 새우고 다음날 아침 목욕탕을 찾았다. 사건기자의 하루는 눈뜰 때부터 잠들 때까지 긴장의 연속이다. 당시 통신수단은 삐삐였고 긴장의 중심에는 늘 삐삐가 있었다. 시도 때도 없이 하루에도 수십 차례나 울어댔다. 그날도 급한 호출이 있을지 몰라 고심 끝에 삐삐를 비닐봉투에 둘둘 말아 머리에 질끈 동여매고 탕 속으로 들어갔다.

탕 속에 앉아 5분이 지났을까. 갑자기 삐삐 신호음이 쉴새없이 울려퍼졌다. 처음엔 어리둥절하다가 근원지가 내 머리임을 깨닫고 혼비백산해 삐삐를 움켜쥐고 탕 밖으로 뛰어나갔다. 이런 내 모습을 보고 주위는 한바탕 웃음바다가 되었다. 수증기 때문에 나는 보지 못했지만 사람들은 나를 약간 맛이 간 사람으로 생각했던 것 같다.

저녁 사건기자 회의 시간. 서울경찰청을 출입하며 평소 '욕쟁이'로 소문난 선배가 빙그레 웃으며 내 어깨를 뚝 쳤다. "너, 평소에도 머리에 삐삐를 이고 다닌다며?" 할 말이 없었다. 소문의 근원은 타사 기자들이었다. 그날 아침 목욕을 왔다가 탕 안에서 점잖게 머리에 삐삐를 이고 묵언수행을 하고 있는 나를 목격했으니……. 소문은 와전되어 나는 평소 머리에 삐삐를 이고 다니는 희한한 놈이 되어 있었다. 그래서 내 별명은 '목욕탕 삐삐'가 되었다.

청주에서 열린 전국체전에서도 내 진가는 유감없이 발휘되었다. 수습기자였던 내 역할은 각 시도 간 메달을 집계해 선배에게 전달하는 것이었다. 드디어 일주일간의 열전이 끝나고 마지막 날이 다가왔다. 낮 종합뉴스를 위해 각 시도의 메달 현황과 기록을 꼼꼼히 메모해 왔는데 방송하기로 한 선배가 보이지 않았다. 오겠지, 오겠지 했는데 그는 끝내 나타나지 않았다.

드디어 방송 10분 전. 단장을 맡은 사회부장이 얼굴이 새빨개져 뛰어오더니 대뜸 나에게 생방송을 하라고 지시했다. 뉴스를 맡기로 한 선배가 배가 아파 병원에 실려갔는데 조금 전 그 사실을 알

왔다는 것이다.

갑자기 하늘이 노래지고 귀에서 새 소리가 들렸다. 방송 경험이 전무한 수습기자에게 톱뉴스 생방송을 하라니……. 몇 시간 동안 쓴 기사건, 5분 만에 쓴 기사건 결과로 평가받는 것이 기자이고 시쳇말로 '까라면 까야 하는 것'이 기자의 세계였다.

드디어 시보와 함께 낮 종합뉴스의 시그널이 울려퍼지고 "전국체전 현장 나와주세요" 하는 앵커 멘트가 들렸다. "네, 이곳은 전국체전이 열리고 있는 청주 종합운동장입니다. 방금 육상 경기를 끝낸 200미터 남자 결승전에서 경상북도 김○○ 선수가 20초 97의 기록으로 한국 신기록을 수립한 것을 비롯해 대회 신기록이 무더기로 쏟아졌습니다."

정말 일사천리였다. 많이 떨릴 줄 알았는데 웬걸? 첫 방송을 자연스럽게 하면서 마음속으로 '나 수습 맞아?' 하고 스스로 묻기도 했다. 물 흐르듯 1분 30초의 리포트가 흐르고 마지막 클로징 멘트인 "CBS뉴스 백경학입니다"만 하면 모든 것이 끝나는 것이었다.

그런데 내가 무엇에 씌었던 걸까. 아니면 귀신의 시기였을까. 갑자기 "CBS뉴스 백경학입니까?"라는 말이 튀어나왔다. 분명히 내 머리에서는 "백경학입니다!"를 말하라고 명령했는데 실제로 입에서는 "백경학입니까?" 하는 클로징 멘트로 터져나왔다. 내 인생의 첫 생방송을 그렇게 장식하고 말았다. 정적이 흘렀다. 마치 태초의 정적 같았다. 세상의 모든 것이 정지한 것 같았다.

앵커가 말을 받아 "네, 청주였습니다. 이어서 다음 뉴스입니다" 하고 말해야 하는데 "백경학입니까?"로 끝난 나의 클로징 멘트에 크게 감동했는지 몇 초간 침묵만이 흘렀다. 그날 이후 내 화려한 별명은 '까 선생'으로 변경되었다. 선배들은 나를 볼 때마다 단군 이래 클로징 멘트를 "~입니까?"라고 한 사람은 나밖에 없을 거라며 감탄했다.

기자 생활 초기의 내 목표는 완전무결이었다. 물론 그 목표는 입사 하루 만에 절단이 났다. 기자에게는 완벽함이 요구되지만 나는 수없이 반복되는 실수 속에서 타협점을 찾아야 했다. 그 타협점은 '실수를 겸허히 받아들이고 행복하게 생활하자'는 스스로에 대한 위로였다.

후배 한 명은 기사를 쓰다 새벽녘에 잠깐 잠이 들었는데 갑자기 "김일성이 죽었느냐?"는 전화를 받고 비몽사몽간에 "제가 죽이지 않았어요!"라고 외쳐 졸지에 정신 이상자 취급을 받기도 했고, 다른 친구는 부인의 빨간 양말을 신고 온 줄도 모르고 좌담 프로에 나갔다가 '공포의 빨간 양말'이 되기도 했다.

어떤 기자는 사건 취재에 매달려 있다 며칠 만에 집에 가보니 자기만 버리고 가족이 이사한 사실을 알고 낙담했는데, 대문 한쪽에 매달린 메모를 보고 눈물을 흘렸다고 한다. "당신이 우리 사회를 지키기 위해 얼마나 수고하는지 알아요. 새집으로 오세요!"

유명한 이야기가 있다. 이름 석 자만 대면 알 만한 유명한 기자가 10여 년 전 고발성 뉴스 프로를 맡은 적이 있다. 이 선배는 사람 좋고 빈 틈 많기(?)로 이름나 있었는데 연일 계속된 고발성 기사로 일약 스타가 되었다. 매일 톱뉴스를 터뜨리니 만나는 사람마다 아는 체를 할 정도였다고 한다. 그는 며칠 밤을 세고도 의기양양하게 집 현관에 들어섰는데 남편의 우쭐한 모습을 목격한 부인 왈 "야! 너나 잘해!"

실수는 웃음을 자아낸다. 유쾌한 실수는 주위를 행복하게 해준다. 그것은 상황을 파악 못한 오버액션일 수도 있고 과잉 열정이 빚어낸 아름다운 결과물일 수도 있다. 이유야 어떻든 실수가 심각한 잘못이나 결례가 아니라면 척박한 생활에 웃음을 주는 윤활유가 된다. 나는 단연코 주장한다. 실수하는 사람이야말로 사회에서 가장 필요한 존재라고 말이다.

실수는 나의 힘! 여러분도 열정을 가지고 실수를 범하시라! 그러면 주위가 행복해진다.

비틀즈와 원더걸스

한여름 오후였다. 나보다 열 살 많은 형님은 열심히 기타를 치고 있었다. 가사 내용은 알 수 없었지만 멜로디가 애잔했다. 때마침 어머니가 대문을 들어오시다 기타 소리를 들으셨다. 어머니의 눈에서 광채가 솟았다. 한걸음에 마루까지 내달으신 어머니는 어느 틈엔가 기타를 빼앗아 마당에 내동댕이치셨다. 기타는 비명을 지르며 산산조각이 났다.

어머니가 울부짖으셨다. "대학 시험이 내일 모렌데 주구장창 베짱이처럼 노래만 부르고 있으니…… 노랫소리만 들으면 가슴에 열불이 나서 못 살겠다." 그후 우리 집에서 기타 소리는 사라졌다. 형님은 다행히 그해 겨울 대학에 들어갔다. 그 노래가 비틀즈의 〈예스터데이Yesterday〉라는 것을 나중에 알았다.

어느 날 새벽, 중학생인 딸아이 방에서 불빛이 새나오고 있었다. 살며시 방문을 열었다. 딸아이는 무언가에 빠져 있었다. 엠피쓰리 이어폰을 귀에 꽂고 창밖의 어둠을 응시하는 모습이 보였다. 무얼 그렇게 열심히 듣고 있는지 물었다. "비틀즈 모음집이에요. 난 예스터데이를 들을 때마다 마음이 왠지 슬퍼져요."

아! 비틀즈였다. 40년 전 어머니가 그렇게 미워했던 비틀즈. 두 동강 난 기타와 함께 영원히 기억에 남을 비틀즈. 불후의 명곡 〈예스터데이〉가 죽지 않고 살아서 딸아이에게까지 유산으로 넘겨지고 있었다. 나는 엠피쓰리를 빼앗아 창밖으로 내동댕이치는 대신 살짝 미소를 지어주었다. 딸아이가 좋아하는 음악이 힙합과 랩송이 아니라서 너무 고마웠다. 그날 새벽 나와 딸아이는 이어폰을 한 짝씩 귀에 꽂고 비틀즈를 들었다.

좋은 음악은 세월이 지나도 오랜 친구처럼 남는다. 빅뱅과 원더걸스도 좋지만 어린 시절 아버지의 콧노래로 들었던 차중락의 〈낙엽 따라 가버린 사람〉을 들을 때면 가슴이 뛴다. 산울림의 김창완이 부른 〈너의 의미〉와 김광석의 〈서른 즈음에〉도 잔잔한 감동을 준다. 시간이 흐르면 빅뱅의 노래도 다음 세대에게 남도창南道唱처럼 느껴지게 되겠지만, 몇몇 사람이라도 비틀즈의 〈예스터데이〉와 박인희가 박인환의 시를 노래로 부른 〈목마와 숙녀〉를 기억해줬으면 좋겠다.

인 보까 알 루뽀In bocca al lupo

─딸아이와의 영국 여행

아빠는 왜 그런 것을 묻지 않아요?

인 보까 알 루뽀In bocca al lupo. 이태리어로 '늑대의 입속'이란 이 말은 의역하면 늑대의 입속에서 꼭 살아 돌아오라는 뜻이라고 한다. 결국 '행운을 빈다'라는 의미이다. 그냥 '행운을 빈다'라고 하면 되지, 듣기에도 섬뜩하게 늑대의 입속에서 살아나오라니? 이 태리인은 행운이란 쉽게 만날 수 없는 것이라고 생각하기 때문에 '네가 나서서 행운을 직접 만들라'고 주문하는 것이다.

몇 해 전 내 행운은 고등학생이 되는 딸아이와의 영국 여행으로 시작되었다. 금융 위기로 국가 경제가 어렵고, 가뜩이나 겨울 날씨가 사납기로 유명한 영국으로 웬 여행? 하지만 딸아이가 3년을 손꼽아 기다렸던 여행이었다. 평소 짠돌이로 유명한 딸아이가 얼마나 영국에 가고 싶었으면 자기 여행비용을 선뜻 내놓기까지 했다. 나는 딸과 진솔한 대화를 나눌 수 있는 기회라고 생각하고 런던행 비행기에 몸을 실었다.

딸애가 그렇게 여행을 갈망하게 된 영국과의 인연은 초등학교 5학년 때로 거슬러 올라간다. 책을 즐겨 읽던 딸애가 어느 날 학교 도서관에서 《서머힐》이라는 책을 빌려왔다. 틀에 박힌 제도 교육에 반대해 대안교육을 실천하고 있는 영국 학교 '서머힐'을 소개한 것이었다.

딸아이는 서머힐과 대안교육에 관한 책을 몇 권 더 읽었고, 어느 날 우리 부부에게 서머힐로 유학을 가겠다고 선언을 했다. "제발 보내달라"는 요청이 아니라 "갈 수 있도록 조치하라"는 지시였다. 그 말은 마치 선전포고처럼 들렸다.

영국 사립학교의 비용이 대체 얼마이던가? 아이를 유학 보낼 경제적 능력도 없지만 설령 있다손 치더라도 가치관과 정체성이 형성되지 않은 어린애를 외국에 혼자 보낸다는 것을 상상할 수가 없었다. 그건 부모와 자식 간의 인연을 끊는 것이었고, 어린 아이를 '옛다, 잡수!' 하고 영국에 갖다 바치는 것이었다.

부모의 도리가 무엇인가. 아이에게 도움이 필요할 때 곁을 지켜주는 것이라고 생각한다. 함께 살아야 가족이듯 말이다. 나의 편견이겠지만 아무리 좋은 교육을 받고, 사회적으로 성공한다 해도 어린 시절 가족과 떨어져 혼자 살았다면 그건 불행한 일이라고 생각한다.

잔뜩 영국병에 걸린 딸에게 물었다. "왜 서머힐이니?" 대답은 단순했다. 지금처럼 일방적으로 지시하는 교육과 수직적인 사제 관계가 아니라 선생님과 학생이 친구처럼 지내고 자유로운 대화가 오가는 수업을 받고 싶다는 것이었다. 난감했지만 나는 최대한 목소리를 가다듬고 "한국인의 99.9퍼센트가 머리 깎고 교복 입고, 비슷한 학창시절을 보내니 너도 평범하게 한국에 있는 일반 학교에 가야 한다"고 말했다. 하지만 자식 이기는 부모가 있을 리 없다. 우리 부부가 사흘 낮 사흘 밤을 어르고 달랬지만 한번 'feel'이 꽂힌 아이는 돌부처마냥 움직일 줄 몰랐다. 기나긴 밀고 당김 끝에 서머힐과 비슷한 분당에 있는 대안학교에 지원하기로 타협을 보았다. 중학교 과정만 다니고 고등학교는 일반 학교에 진학한다는 것이 조건이었다.

다행히 딸애는 '이우학교'에 지원해 합격했다. 이우학교에 다니면서 딸아이는 많이 행복해했다. 일요일도 학교에 나가고 방학이 없으면 좋겠다고 말할 정도였다. 주입식 교육과 기능적인 반복 학습이 아니라 학문의 원리를 배우는 것이 좋다고 자랑했다. 매일 새벽 학생들을 위해 잡초를 뽑고 친구처럼 대해주는 교장선생님과 운동장에 텐트를 치고 밤새워 얘기할 수 있는 담임선생님을 존경한다고 말했다. 봄가을 2박3일 농촌 봉사활동을 떠나고 철학,

환경, 생태를 공부하는 것이 행복하다고 했다. 축제를 준비하기 위해 밤새 뚝딱거리며 무대를 만들고 연극 대본을 써서 연습하는 모습이 보기 좋았다.

하지만 나와 딸애는 틈틈이 갈등을 빚었다. 나는 자유스런 학창 시절도 중요하지만 앞으로 인생을 살아가는 데는 대학이 중요하고, 그로 인해 삶의 많은 부분을 결정할 수 있다고 말했다. 그렇기 때문에 좋은 대학에 가기 위해서는 일정 수준의 점수와 등수를 유지해야 하고 그것을 위해 최선을 다하라고 강조했는데, 딸애는 친구와 특별활동, 행복지수가 더 중요하다고 맞섰다.

집에 놀러 온 딸아이의 친구가 돌아간 뒤 내가 물었다. "성실한 아이냐? 공부는? 부모님은 뭐 하시고? 형제는 몇이냐?" 딸애는 "아빠! 친구가 요즘 어떤 음악을 듣고, 어떤 색깔을 좋아하고, 고민이 무엇인지 아빠는 왜 그런 것을 묻지 않아요?"라며 핀잔을 주었다. 내 질문과 관심이 너무 일방적이고, 결과주의와 대학을 중심에 둔 기성세대의 생각을 대변하고 있다는 것이었다. "그래, 아빠에겐 성실하고 열심히 사는 아이가 내 딸의 친구인지가 더 중요해! 내가 왜 그 애가 무슨 음악을 듣는지 관심을 가져야 하지?" 하고 반문하면, 딸아이는 "왜냐하면 내가 좋아하는 친구이기 때문에 아빠는 그런 걸 물을 의무가 있어요"라고 맞섰다. 참 난감한 일이었다.

나는 딸아이에 대해 얼마나 무지했는가

나는 딸애와 일상생활 속에서 크고 작은 전투와 휴전을 거듭했다. 평행선을 달리던 우리 부녀가 소원해진 관계를 털고 관계를 새롭게 복원하기 위해서라도 무언가 계기가 필요했다. 그 계기가 된 것이 바로 둘만의 영국 여행이었다.

일부러 런던 교외에 조용한 호텔을 잡았다. 서로 다르다고 주장하지만 성격과 성향, 외모가 닮은 우리 백씨 부녀는 다음날 아침부터 출근이라도 하듯 아침저녁으로 지하철을 이용해 런던 시내로 출격했다. 아이가 보고 싶어하는 대영박물관과 내셔널갤러리를 비롯해 초상화미술관, 빅토리아&앨버트박물관, 자연사박물관, 과학박물관 등 런던에 있는 박물관이란 박물관, 미술관이란 미술관을 모조리 섭렵했다.

인상적인 곳은 빅토리아&앨버트박물관과 초상화박물관이었다. 세상에 존재하는 유물들을 그렇게 일목요연하게 수집해 전시할 수 있을까. 중세 이후 각국에서 사용했던 유물들이 지역별·시대별로 분류되어 전시되고 있었다. 아마 수십만 개, 수백만 개가 넘을 것 같았다. 수집벽이라고 하기에는 너무 병적인 편집증이 느껴지기도 하고, 한편으론 500년간 세계를 지배했던 슬픈 흔적 같기도 했다. 아무튼 슬픔과 기쁨, 안타까움과 놀라움이 겹쳐지는 색다른 경험이었다.

박물관에서는 주로 찬탄과 분노가 뒤섞인 감정이었다면 감탄을 연발하게 하는 기분 좋은 곳도 있었다. 글로만 접했던 소설 《올리버 트위스트》의 저자 찰스 디킨스와 비평가 토머스 칼라일, 《댈러웨이 부인》을 쓴 버지니아 울프, 영화 〈천일의 앤〉의 주인공인 앤 볼린의 실제 모습을 확인할 수 있었던 초상화박물관이다. 하루 온종일 박물관과 미술관을 순례하고 호텔방에 들어서면 신경통을 앓는 할머니처럼 우리 부녀는 밤새 신음소리를 냈다.

영국 사람의 평화에 대한 열망과 양식을 확인할 수 있는 기회도 가졌다. 대형 시계 빅벤이 있는 영국 국회의사당 앞에서 가자지구를 침략해 무고한 사람들을 학살한 이스라엘의 만행을 알리고 미국과 영국의 이라크 침공에 항의하는 시민단체들이 천막 농성을 벌이고 있었다. 아이는 농성을 벌이고 있는 사람들에게 연대감을 느끼는지 비장한 표정을 짓기도 했다.

무엇보다 이번 여행이 아이에게 가져다준 충격은 출근 시간 런던 지하철의 독서 열기였다. 우리 지하철에서 승객 대부분이 휴대폰을 쥐고 있는 모습만 봤으니 그럴 만도 했다. 서울에서는 한 주가 시작되는 월요일 아침부터 꾸벅꾸벅 졸거나 정서 불안 환자처럼 신경질적으로 휴대폰 자판을 두드리는 모습에 익숙했으니까.

사람들이 늘 피로감을 느끼는 사회, 마음속에 평온함이 사라지고 무언가에 집착하는 사회에 사는 것은 슬픈 일이다. 나와 다른 사람, 사회적인 약자를 배려하고 마음속의 평화를 가질 수 있다면 얼마나 좋을까. 너나없이 책 읽는 모습을 보면서 영국이 몇 백 년간 수집한 거대한 유산보다 독서 열기가 더 부러웠다. 책 읽는 모습에 반한 아이는 대영도서관과 런던 시내에 있는 서점으로 내 손을 이끌었다.

대학 캠퍼스만큼 큰 대영도서관의 규모와 이용객 수에 놀라기도 하고, 청교도혁명을 이끈 올리버 크롬웰이 케임브리지 시절 살았다는 작은 기숙사에서 하룻밤을 묵으며 우리 부녀는 조금씩 서로의 다른 점을 이해하고 받아들이기 시작했다.

나는 미국발 금융 위기의 원인과 아빠가 꿈꾸는 미래를 설명했고, 딸아이는 이번 여행에서 받은 감동과 앞으로 뭘 공부하고 싶은지 담담하게 얘기했다. 나와 딸아이는 시차와 발바닥의 통증으로 새벽에 깨어나면 서로 등을 맞대고 책을 읽었다. '해외여행 와서 이렇게 열심히 독서하는 부녀는 없을 것'이라며 서로를 놀리면서 말이다.

며칠 지나자 그동안의 앙금은 사라지고 우린 연인처럼 자연스럽게 손을 잡고 런던 시내를 활보했다. 일주일간의 영국 여행이 끝나갈 무렵 나는 그동안 내가 딸아이에 대해 얼마나 무지했는가를 깨닫게 되었다. 아이가 얼마나 뚜렷한 주관과 삶에 대한 열정을 가지고 나에게 인정받으려 노력하는지 알 수 있었다.

'칭찬은 고래도 춤추게 한다'고 했지만 막상 나는 아이에게 완벽을 요구했던 엄격한 아버지였다. 스스로를 진보주의자라고 자부해왔지만 아이에게 비친 나는 고집 세고, 결과를 중시하는 보수파였다. 이번 여행으로 아이는 나에 대한 편견을 조금 떨쳐버린 것 같았다.

아이에게 가지고 있었던 편견이 상당 부분 사라지자, 아이 또한 나에게 가졌던 서운함을 조금씩 씻어냈다. 우리 부녀는 신뢰감을 회복하게 된 것이다. 런던의 골목길을 돌아다니며 다시 오지 못할 소중한 시간들을 보냈다. 꿈같은 시간은 쏜살같이 흐르는 법이다. 한국으로 돌아오는 비행기 안에서 3년 뒤 고등학교를 졸업할 때 또다시 단둘이 여행을 하자고 약속했다.

이제 다시 일상으로 돌아와 나와 딸아이는 다시 크고 작은 전투와 휴전을 계속하겠지만, 여행은 우리 부녀 간에 막힌 벽을 허물고 작은 대화의 통로를 만들 수 있는 계기가 되었다. 인 보까 알 루뽀. 부디 올해도 늑대의 입속에서 살아나오길!

28년 만의 만남

　얼마 전 우연히 고등학교 선생님을 만날 기회가 있었다. 졸업 후 거의 30년 만이었다. 세월은 막을 수가 없나 보다. 나도 나이가 들었지만 젊고 씩씩했던 30대 중반의 선생님은 이제 머리가 많이 벗겨지고 그나마 남아 있는 머리카락도 은백으로 변한 중로中老의 모습이었다. 다만 교탁 앞에 서서 학생들을 바라봤던 그 눈빛만은 변함이 없었다.

　솔직히 말해 선생님과의 해후가 반갑지만은 않았다. 아니 20여 년 만에 만난 스승에게 어떻게 그럴 수 있느냐고, 은사님을 부둥켜안고 반가움의 눈물을 흘려도 부족한데 어떻게 그렇게 무례할 수 있느냐고 말할 사람도 있을 것이다.

하지만 그게 사실이다. 늘 추억은 아름답다고 믿어왔다. 힘겹고 어려웠던 기억일수록 세월이 지나면 아름답게 느껴진다고 말이다. 하지만 모든 추억이 아름다운 건 아니다. 사람의 마음 한구석에는 불에 덴 자국처럼 선명한 아픈 기억 하나쯤은 있지 않은가.

나에게는 고교 시절이 그렇다. 푸른 꿈을 가진 열일곱 살 소년에게 고교 시절이 암울했던 것은 불행한 일이다. 그 시절은 인생의 꽃망울을 준비하는 따뜻한 봄날이 아니라 추적추적 내린 비와 싸락눈으로 오싹한 한기를 느끼게 하는 꽃샘추위와도 같은 날들이었다.

몇 달 전 고등학교 친구들을 만났다. 대화를 나누다보니 자연히 학창 시절로 화제가 옮겨갔다. 그동안 서로 말은 안 했지만 이야기를 펼치고 보니 다들 가슴속에 멍울을 지닌 채 살아가고 있었다. 시대 상황이 만든 숨막혔던 고통들 말이다. 1970년대 유신헌법의 광풍은 당시 고등학교도 그냥 비껴가지 않았다.

기억의 단면은 이렇다. 여드름투성이의 우리들은 입학식 다음 날부터 영문도 모른 채 군사훈련을 받았다. 일본군이 사용하던 각반을 차고 얼룩무늬 교련복을 입은 채 오후 내내 운동장을 뺑뺑이 돌았다. 플라스틱 M1 소총이 굉장히 무겁게 느껴졌지만 내색조차 못했다. 당시 고교에는 전역한 장교들이 교련교사로 대거 임용돼 학생들을 훈련시켰다.

이들은 누구보다 군인정신에 충실했다. 현역 군인보다 더 군기를 강조했다. 발조차 제대로 맞추지 못하는 고교 신입생들은 학생이 아니라 군기 빠진 훈련병이었다. 나무로 뒤덮여서 밖에서는 보이지 않았던 작은 운동장은 학생들이 뛰노는 곳이 아니라 예비 군인을 훈련시키는 혹독한 유격장이었다.

동작이 조금이라도 틀릴 때면 욕설과 매질이 이어졌다. 학생회 간부였던 한 친구는 "교련 시간에 하도 많이 굴러서 훈련소 신병 시절엔 오히려 수월하게 훈련을 받을 수 있었다"고 회고했다. 그때 우리들은 이미 '우로 굴러, 좌로 굴러'를 통달했고 포복과 원산폭격에 이골이 났다. 한참 교련 훈련을 받다가 '왜 이 고생을 해야 하나' 하고 한탄했던 기억이 선명하다.

어느 날이었다. 해후가 달갑지 않았던 그 선생님의 수업 시간이었다. 선생님은 학생들 사이에 명문 고등학교와 명문 대학을 나온 교사로 알려져 있었다. 선생님은 북한과의 대치로 우리가 얼마나 위험한 상황에 살고 있는지에 대해 누누이 강조했다. 국가가 안전하고 국민 생활이 보호받기 위해서는 박정희 대통령의 권한이 더 강화돼야 하며 그런 이유 때문에 유신헌법이 필요한 것이고 모든 국민은 이를 받아들여야 한다고 했다.

그런데 좀 이상했다. 내가 들었던 내용과 정반대였기 때문이다. 대학에서 데모를 하다 붙잡혀 곤욕을 치른 형과 이제 막 대학생이 된 누나를 통해 들었던 내용과 달랐다. 그뿐이 아니다. 집에서 보는 신문 내용과 내가 우연히 들었던 어른들의 얘기와도 상당히 달랐다. 그들은 모두 대통령의 독재를 비판하고 있었다.

어디서 그런 용기가 났는지 나는 과감히 손을 들었다. "선생님, 저는 박 대통령이 더 오래 집권하기 위해 민주주의 전통을 깨고 만든 것이 유신헌법이고, 민주화를 요구하는 시민들과 김대중 씨, 김영삼 씨를 탄압하는 것은 옳지 않다고 생각합니다"라고 말했다.

내 말이 끝나기도 전에 선생님은 비호같이 달려와서 뺨을 세 차례나 후려쳤다. 그가 그렇게 빠른 사람이라는 것을 처음 알았고, 그렇게 거칠게 매를 맞은 것도 처음이었다. 어안이 벙벙했다. 나는 그동안 보고 들은 것을 판단해 말한 것뿐이었다. 만약 내가 틀렸다면 왜 틀렸는지, 선생님이 논리적으로 설명해주길 바랐다. 선생님이 왜 그렇게 미친 듯이 분노하는지 이해할 수 없었다. 더욱이 나는 범생이 중의 하나였고 수업 시간에 딴 짓을 하거나 경우 없는 질문을 한 적이 없었다.

사건 이후 수업 시간이 싫어졌다. 선생님이 양심을 속이는 나쁜 사람이라고 생각했다. 얼마 뒤 유신정권에 대해 비판적이었던, 우리들의 존경을 받던 선생님이 며칠간 사라졌다가 사표를 내고 학교를 떠나는 사건이 발생했다. 학생들 간에는 유신헌법의 당위성을 주장했던 선생님들이나 아버지가 경찰공무원이었던 아이들이 일러바쳤다는 말이 나돌았다. 그래서 그 선생님이 더 싫어졌다.

시간이 흐르자 우리는 다시 일상으로 돌아왔고 존경했던 선생님이 학교를 떠난 사실조차 기억 속에서 잊혀졌다. 그러던 어느 날 박정희 대통령이 부하의 총탄에 맞아 운명했다. 그동안 침묵을 지켰던 다른 선생님들은 박 대통령이 잘한 일도 있지만 유신헌법

제정과 야당 탄압을 통해 한국 민주주의를 후퇴시킨 대표적인 독재자라고 목소리를 높였다.

시간은 많은 것을 잊게 한다. 학년이 올라가고 대학에 들어가면서 그 선생님을 잊었다. 아니 시간 속에 잊혀졌다고 해야 맞을 것이다. 그런데 사람의 기억력은 참 이상하다. 오랜 시간 후 선생님을 다시 만난 순간 전광석화처럼 내 뺨을 후려갈겼던 사건과 독재정권에 비판적이었던 선생님이 학교를 떠나며 보여줬던 뒷모습, 그리고 견디기 어려웠던 교련 훈련이 기억 속에 되살아났다.

내가 학교를 졸업한 뒤 그 선생님이 후배들에게 인생을 살아가는데 있어 무엇이 소중한 가치이고 어떻게 살아가야 하는지에 대해 어떤 말씀을 하셨는지 나는 모른다. 어쩌면 아직도 박정희 대통령을 흠모하고 계실지도 모르겠다. 나를 다시 만나면 여전히 "유신헌법은 정당했고 학교가 병영화되는 것이 당연했다"고 말씀하실지, 아니면 "젊은 시절 잘못된 생각과 행동을 했다"고 후회의 고백을 하실지 모를 일이다.

하지만 그 시대에 청소년기를 보냈던 나나 여드름쟁이 친구들은 가슴 깊은 곳에 지워지지 않는 상처들을 지니고 살아가고 있다. 아마 선생님은 아직도 이런 사실을 모를 것이다. 나와 친구들은 고교 시절을 회상하며 "이제라도 그 선생님을 용서하자"고 다짐했다. 그래야 우리가 잃어버린 고교 시절이 조금이라도 아름답게 기억될 수 있으니까 말이다. 그래야 우리가 덜 불행해진다고 서로를 위로하면서 말이다.

나 혼자 조용히 웃었다
-이미륵 박사와 릴케를 추억하며

　　며칠 전 용유도에 갈 일이 있었다. 서울에서 불과 한 시간 거리
에 있는 아름다운 해변을 보고 적잖이 놀랐다. 용유도와 영종도
하면 인천공항의 거대한 구조물만 생각했는데, 바로 그 옆에 이렇
게 청아한 백사장이 있었다니. 큰 보석을 발견한 것처럼 행복했
다. 해변가를 거닐면서 오랜만에 송창식의 노래 〈철 지난 바닷가〉
를 불러보았다. 노래가사처럼 옛일을 생각하며 혼자 웃었다.

　　달빛은 모래 위에 가득하고
　　불어오는 바람은 싱그러운데

어깨 위에 쌓이는 당신의 손길

그것은 소리 없는 사랑의 노래

가을 바닷가를 거닐다보니 독일의 가을 하늘이 생각났다. 독일 뮌헨은 어린 시절의 나에게는 로망이었다. 초등학교 때 우연히 누나의 책장에서 발견한 한 권의 책이 20년 뒤 나를 뮌헨으로 이끈 것이다. 그 책은 독일을 대표하는 현대 작가 하인리히 뵐의 소설책에서 제목을 따온 전혜린의 《그리고 아무말도 하지 않았다》이다. 전혜린은 이 책에서 슈바빙 거리와 자작나무 숲으로 둘러싸인 뮌헨의 자연을 노래했다.

서울 도심 한복판에 살았던 나는 이 책을 교과서처럼 읽고 또 읽으며 낙엽이 수북이 쌓인 뮌헨의 거리와 슈바빙의 낡은 카페에서 마시는 흑맥주를 얼마나 동경했는지 모른다. 뮌헨 땅을 밟게 된 나는 하루가 멀다 하고 여기저기 쏘다녔다. 전혜린의 발자취를 좇는 문화탐방을 시작한 것이었다. 400년이 넘은 뮌헨 대학의 빈 강의실에 밤늦도록 앉아 있기도 하고 뮌헨 시내를 관통하는 이자르 강변가의 넓은 초원에서 하늘을 바라보기도 했다. 하늘이 붉게 물들었다가 어둠으로 사위어가던 순간의 감동은 지금도 잊을 수 없다.

뮌헨은 마로니에 숲과 문화적 유산을 잔뜩 안고 있는 아름다운 전원도시이다. 그 뮌헨에는 1차 세계대전의 폐허 속에서 독일 정신을 노래한 소설가 토머스 만과 화가 칸딘스키의 자취가 고스란히 남아 있는 카페가 있다. 나는 그곳에서 진한 커피를 마셔보기

도 하고 전혜린이 자주 찾았던 스페인 식당 제로제(Seerose, 호수의
장미)의 창가에서 시간을 보내기도 했다.

가장 인상에 남는 곳은 평화주의자이자, 《압록강은 흐른다》의
저자인 이미륵 박사가 잠들어 있는 뮌헨 근교의 그렐펠핑 묘지와
라이너 마리아 릴케와 그의 연인 루 살로메가 살았던 작은 통나무
집이다.

독일 사람들이 감자 하나로 하루를 견뎌야 했던 그 혹독한 나치
시절, 이미륵 박사는 아시아의 이방인으로 그 모진 세월을 어떻게
버텼을까. 아마도 어린 시절을 아름다운 독일어 문장으로 회상하
며 《압록강은 흐른다》와 《무던이》 같은 책을 쓰는 데 몰두했을 것
이다. 힘든 순간에도 인간의 향기를 잃지 않았던 그가 이의경李儀
景이라는 본명으로 잠들어 있는 묘지를 발견한 순간 눈물이 왈칵
솟았다.

젊은 시절 고생을 많이 하셨던 아름다운재단 윤정숙 상임이사
로부터 '돌아갈 수도, 피할 수도 없고 정면으로 맞서야 했던 시
절'의 이야기를 들은 적이 있다. "그때 왜 삶을, 희망을 포기할 수
없었습니까?" 하고 물었더니 "포기란 자기 삶이 서서히 녹슬어가
도록 내버려두는 것인데, 그러기에는 너무 젊고 꿈이 많았다"고
대답했다. 아마 이미륵 박사도 세상 어딘가에서 아픔을 겪고 있을
누군가를 위해 가슴속에 숨겨두었던 아름다운 이야기를 쓴 것이
아닐까.

박사의 묘에서 멀지 않은 곳에는 라이너 마리아 릴케와 루 살로

메가 살았던 아름다운 숲이 있다. 그들의 보금자리는 뮌헨과 아름다운 알프스 자락인 '가르미슈-파르텐키르헨' 중간쯤인 볼프라트하우젠이라는 동네였다. 뮌헨을 출발한 전철이 종착역에 닿으면 빨간 뾰족 지붕을 가진 멋진 저택들이 나타난다. 그곳을 지나 숲으로 향하면 자작나무 숲으로 둘러싸인 작은 방갈로 주택들이 나오고, 그중 하나가 릴케와 살로메가 살았던 단층집이다.

열여섯 살 연상의 여인을 위해 스물한 살의 릴케는 그곳에서 〈모든 이별에 앞서가라〉 같은 아름다운 작품을 썼다고 한다. 둘은 그 집에서 한 달 동안 꿈같은 시간을 함께 보냈다. 사랑하는 여인과 함께 있던 릴케의 영혼은 얼마나 빛났을까. 하늘이 보이지 않을 정도로 빽빽했던 아름다운 나무들과 밤이면 나타나는 정갈한 별빛이 사랑에 빠진 청년에게 영감을 주었을 것이다. 그 시가 바로 연인 루 살로메에게 바치는 대표적인 시 〈내 두 눈을 감기세요〉이다.

벌써 많은 시간이 지났다. 뮌헨 하늘을 온통 뒤덮을 듯하던 백양나무, 자작나무, 가문비나무는 없지만 대신 해변가에 듬성듬성 심어진 휘어진 소나무와 석양을 받아 붉게 물든 용유도의 바닷가가 계절의 정취를 더하고 있었다. 철 지난 바닷가를 걷다가 이미륵 박사와 릴케가 살았던 낙엽 쌓인 그 가을이 생각나 나 혼자 조용히 웃었다.

11

향기를 잃지 않았던 평화주의자

    독일 유학 시절에 뮌헨의 한인 사회를 이끌며 '이미륵 기념사업회' 회장을 맡고 계시던 송준근 사장으로부터 이미륵 박사의 궤적을 한번 밟아보자는 제안을 받았다. 독일어에 갇혀 있던 나는 어두운 도서관을 나와 말없이 따라 나섰다. 그때부터 이미륵 박사가 혹독했던 시절을 견디었던 뮌헨 남부의 소도시와 그의 묘소, 그리고 그를 아는 지인들을 찾아다니기 시작했다.

    그러던 중 우연히 히틀러에 반대했던 유일한 학생운동이었던 '백장미 사건'을 주도한 쿠르트 후버 교수와 이미륵 박사의 친분 관계를 확인하게 되었다. 백장미 사건은 당시 뮌헨대 총장이며 철학과 교수였던 후버와 그의 제자였던 한스 숄과 잉게 숄 등의 학생들이 히틀러에 반대해 전단을 뿌리다 붙잡혀 단두대에서 처형당한 나치 치하 반정부 학생운동이었다.

후버 교수와 이미륵 박사는 흉허물 없는 친구로, 때로는 독재 권력에 반대하는 이념적인 동지로 우정을 나누었다는 사실을 후버 교수의 딸 브리기트 바이스 여사를 만나 확인할 수 있었다. 뮌헨 시내에서 조용히 여생을 보내고 있는 바이스 여사는 이미륵 박사를 영원한 평화주의자로 기억하고 있었다. "이미륵 박사는 한 달에 한두 번씩 우리 집에 놀러 오곤 했습니다. 그때 어린 나이였음에도 불구하고 저는 그를 철학자라고 생각했어요. 그는 항상 생각에 잠긴 표정과 둥근 안경 너머로 슬픈 눈빛을 하고 있었는데 그에게는 범접할 수 없는 무엇이 있었어요."

아버지 후버 교수는 이 박사를 현명하고 높은 식견을 갖춘 친구로 여기며 그와 밤새 토론하는 일이 많았고, 어머니 글라라 여사도 그를 거의 숭배했다고 한다. "어머니는 이 박사가 뚜렷한 생각과 주장을 가졌지만 남에서 강요하는 것을 본 적이 없다며 이 박사를 훌륭한 인격과 안목을 가진 사람이라고 평가하곤 했습니다."

확인할 수 없지만 이 박사와 후버 가족을 기억하고 있는 다른 사람들은 후버 부인이 이 박사에게 좋은 감정을 가졌을 거라고 추측한다. 동양에서 온 감성적인 지식인이며 뛰어난 소설가로서 다정다감한 성격의 이 박사는 많은 독일 여성들에게 호감을 주었던 것 같다.

당시 10대 초반이었던 바이스 여사는 다정하고 섬세한 이 박사를 잘 따랐다고 한다. 한번은 이 박사가 배추와 양파, 토마토를 잘게 썬 뒤 고춧가루와 소금을 듬뿍 넣어 김치 비슷한 것을 만든 적이 있었는데, 후버 가족은 난생 처음으로 매운 음식을 먹으면서 많은 눈물을 흘렸다고 회고했다.

이 박사는 당시 중국 국적을 가진 외국인이었고 후버 교수와 교류를 나누던 1938년부터 후버 교수가 처형된 1943년까지 동맹관계였던 독일과 일본이 전쟁에 광분하고 있던 시기였다. "집에 놀러 온 이 박사와 아버지는 늘 서재에서 만났습니다. 두 분이 전쟁에 반대해 독일과 일본을 비난했던 것 같습니다. 이 박사가 돌아간 뒤 아버지는 항상 히틀러가 미친 짓을 하고 있다고 분개했으니까요."

1942년 어느 날 후버 교수는 반히틀러 시위 혐의로 철학과 학생이었던 한스 숄과 누이동생 잉게 숄 등 뮌헨대 학생들과 함께 비밀경찰에 붙들렸다. 후버 교수의 반나치 운동에 대해 이 박사가 알고 있었느냐는 질문에 대해 바이스 여사는 "외국인의 신분으로 가뜩이나 위험한 상황에 처해 있던 이 박사를 보호하기 위해서라도 아버지는 그런 이야기를 입 밖에 내지 않았을 겁니다. 당시 독일에서는 많은 아시아와 아프리카 사람들이 단지 피부색이 다르다는 이유만으로 집단 수용소에서 죽어갔으니까요"라고 했다.

후버 교수가 구속되자 친지는 물론 그를 아는 사람들조차 발길을 끊었다. "그러나 유일하게 변치 않은 사람이 이 박사였습니다.

독지가였던 자일러 박사의 조그만 방에서 그가 얼마나 고생했는지 기억이 생생합니다. 그런 상황에 있던 이 박사가 음식을 곱게 싸서 우리 가족을 방문하곤 했습니다. 감옥에 계신 아버지께 갖다 주라고 말입니다. 그 말을 듣고 우리 모녀는 부둥켜안고 눈물을 흘렸습니다."

그녀가 간직하고 있는 이미륵 박사는 그런 사람이었다. 그녀는 지금도 이미륵 박사가 1946년 선물한 《압록강은 흐른다》 초간본과 40대의 이 박사가 정원에서 문인들과 어울려 활짝 웃는 모습이 담긴 사진을 소중히 보관하고 있었다. 사진 속의 이미륵 박사는 건강하고 희망이 있어 보였다. 자신은 내일모레면 일흔 살인데 이 박사와 아버지는 항상 40대의 모습으로 살아 있다며 그녀가 웃었다.

이 박사는 결국 위암이 악화되면서 고국에 돌아오지 못하고, 1950년 3월 자일러 박사의 집에서 쉰한 살의 나이로 세상을 떠났다. 마지막 순간까지 향기를 잃지 않았던 이미륵 박사는 무슨 생각을 하며 이국땅에서 숨져갔을까.

제4부

꽃한테서 배우라

거지 성자의 선물

몇 해 전 겨울 불교학자 전재성 씨로부터 전화 한 통을 받았다. 우리나라에 거지 성자로 소개된 독일의 한 수도자가 강원도 춘천 움막에 기거하고 있으니 만나볼 의향이 있느냐는 거였다. 국내에 그를 소개한 글들을 읽으며 느꼈던 의문이 떠올랐다. '거지면 거지고, 성자면 성자지, 거지 성자는 무엇이고 요즘 같은 세상에 성자가 있을까' 하는. 하지만 궁금했다. 성자라는 말이 주는 이색적인 어감에, 그것도 불교를 독학했고 수도승처럼 무소유로 살아가는 독일 거지라니⋯⋯. 새삼 궁금함을 안고 광화문통을 나섰다.

잿빛 구름이 서울 도심을 뒤덮고 있었다. 2월의 서울 하늘은 왜 이리 스산한지. 영등포에서 전재성 씨의 차를 잡아타고 춘천으로 향하면서 거지 성자에 대해 생각했다. 그는 물질문명의 중심에 있는 독일 쾰른 한복판에 살면서 가진 것을 모두 버렸다고 했다. 쾰른 대학 캠퍼스 잔디밭과 대학 건물 처마 밑에 잠자리를 마련하고 낮에는 도서관에서 불교 서적을 공부했다고. 몰골 사나운 거지가 자유롭게 서울대 도서관을 드나들며 연구에 몰두하는 모습은 왠지 상상이 되지 않았다.

그를 만나러 가는 춘천호는 봄이 멀지 않았는지 얼음장 밑으로 물 흐르는 소리가 들렸다. 독일을 떠나 한국으로 건너온 '거지 성자' 페터 노이야르. 집 없는 떠돌이 거지에게 성자란 칭호가 붙은 이유가 무엇일까. 한국에 머물고 있다는 말을 듣고 수소문한 지 보름. 춘천 소양호 인근의 폐가를 찾았을 때 그는 겨울 햇빛을 보며 명상에 잠겨 있었다.

명상을 깨뜨린 나를 그는 환한 미소와 합장으로 맞아주었다. "1999년 11월 실상사 도법 스님의 초청으로 한국에 처음 와서 남도의 여러 사찰을 순례했을 때 아름다운 자연에 반했습니다. 독일로 돌아가서도 섬진강과 동강 등 때묻지 않은 한국의 산하가 눈에 밟혔습니다. 그러던 중 마침 지리산에 계신 스님이 초청해 흔쾌히 한국행을 결심한 것입니다."

그때 갑자기 차가운 바람이 그의 얼굴을 때렸다. 겨울의 냉기를 머금은 바람에도 덕지덕지 기운 누더기 망토 하나로 버티고 있는 모습이 신기했다. 그런 시선을 의식했는지 "12년째 입고 있다보니 이게 옷인지 내 몸인지 헷갈릴 때가 많습니다. 사람들은 다닥 다닥 붙은 다랑논 같다고 하지만 세상을 떠도는 내 삶 같아서 애착을 느낍니다." 그는 호수 건너편을 바라보며 독백처럼 말을 이어갔다. "아마 지리산만큼 아직 때묻지 않은 곳은 없을 겁니다. 그처럼 아름다운 강산을 한국 사람들은 왜 소중히 여기지 않는지 모르겠습니다. 자연이 파괴되면 인간도 파괴된다는 것을 알아야 합니다." 자연의 파괴가 모든 것의 파괴로 이어진다는 말이 가슴에 와 닿았다.

앞으로의 계획을 묻자 "언제나 그렇듯 특별한 게 없습니다. 한치 앞을 내다볼 수 없는 것이 인간의 운명 아닙니까. 1970년대에 10년간 프랑스, 영국, 그리스를 거쳐 인도와 태국을 방랑했듯이 이번에는 한국의 하늘 아래서 지내려 합니다. 프랑스 속담에 '아름다운 별빛 아래 잠을 잔다'는 말이 있습니다. 중세 인도의 성자인 카비르는 '모든 자연이 나의 생명인데 내가 어찌 나를 해치겠는가'라는 말로 자연 속 삶의 즐거움을 노래했습니다. 독일 생활이 도심 한가운데 있는 소나무 아래서 수행하는 것이었다면 한국에 머무르는 동안은 '풀 먹다 굶어 죽은 사람'처럼 산나물과 열매로 수행할 계획입니다." 그가 말한 풀 먹다 죽은 중국 사람은 고사에 나오는 '백이숙제伯夷叔齊'였다.

노이야르가 채식과 생식으로 지낸 것은 20년이 넘는다. 부처의 가르침대로 살기로 결심한 이후 그는 지금까지 채소와 과일만을 먹고 지냈다. 그는 이를 닦지 않는다. 치석 때문에 몇 년 전부터

이가 검게 변했다.

"독일은 80년대 녹색운동의 중심이었습니다. 치약이 오히려 이를 상하게 한다는 말을 듣고 이 닦는 것을 중단했습니다. 이가 검은 내 모습을 여성들이 좋아하지 않으니 수행에 도움이 됩니다." 그는 이야기를 하다말고 머리를 긁었다. "노숙을 하다보니 벼룩과 이가 끊이지 않습니다. 그렇다고 생명이 붙어 있는 것을 죽일 수도 없고 피를 공양하며 언젠가 녀석들이 떠나기만 기다리고 있습니다. 4년 전에는 너무 물어대는 바람에 털이란 털을 모두 밀어버린 적이 있습니다."

덩달아 몸이 가려워지는 것 같았다. 무릎을 맞대고 대화를 나눈 지 한 시간이 지나고 있었다. 어느새 해가 기울기 시작했는지 호수 위에 나무 그림자가 드리워지고 있었다. 북쪽 하늘에서 먹구름이 몰려왔다. 그가 머물고 있는 폐가로 장소를 옮겨 이야기를 이어갔다.

그의 꿈은 원래 무엇이었을까. "2차 세계대전으로 집이 풍비박산 났습니다. 코블렌츠 근처 모젤 강가에서 태어났지만 전쟁으로 고향을 떠나야 했습니다. 어린 시절은 너무 가난에 찌들어 아무 희망이 없었습니다. 직업군인이던 아버지는 지식을 불신하며 아들이 노동을 하며 소박하게 살길 원했습니다. 그렇지만 인생이 뜻대로 되는 것입니까. 원래 내 꿈은 산지기였습니다. 대자연 안에서 나무를 돌보고 싶었지요. 그러나 산지기가 되기 위해서는 7년의 교육과정을 마쳐야 했기 때문에 그 꿈은 실현될 수 없었지요.

아버지처럼 직업군인 생활을 하게 됐습니다. 그러던 중 티베트 승려가 진리를 찾아 인도를 여행하는 내용인 《라디야르 키플링》이란 책을 읽고 크게 깨달았습니다. 인생의 전환점이 됐지요."

그때 바로 출가를 했냐고 물었다. "그건 아닙니다. 2년간 제지회사에서 직공 생활을 했습니다. 그러다 유럽 신좌파 학생이 중심이 된 사회변혁운동인 '68사태'가 일어났지요. 당시 히피문화에 열병을 앓고 있던 저도 무작정 파리로 달려갔습니다. 파리 대학 집회에 참석했다가 한 헝가리 소녀를 만나 열렬히 사랑했습니다. 그러나 2년 만에 그녀는 뇌종양으로 세상을 떠나고 말았습니다. 인생에 아무런 뜻도 없는 것 같아 유럽을 돌며 방랑생활을 시작했습니다."

그는 그때 인간의 욕망이 얼마나 어리석은 것인가 하는 것을 깨달았다. 돈 없이, 집 없이, 여자 없이 살겠다고 결심했다. 그런데 한국에 와 뜻밖에 집이 생겨 고민이라고 농담을 했다.

"부처께서는 집이 인간의 욕망과 얽매임을 상징하는 것이라며 모든 것을 버리고 구도의 길을 떠났습니다. 이슬람에도 집 없이 수행을 하는 데르비쉬의 전통이 있습니다. 집이 생긴 이후 인간은 서로 경계선을 쌓게 됐고 이 때문에 단절과 갈등이 생겨났다고 할 수 있지요. 사람들은 집 한 채를 마련하기 위해 평생 노예처럼 살아갑니다. 땅을 이불 삼고 하늘을 지붕 삼는 것이 얼마나 행복한 일인지 모릅니다. 음식을 먹기 위해 수저가 필요하지요. 그런데 수저가 있으면 그릇이 필요하고, 결국에는 식탁이 필요해집니다.

이렇듯 집은 욕망의 집합체입니다. '정신의 집' 조차 거느리기 힘든데 거대한 고뇌의 덩어리인 '육신의 집'을 왜 짊어지려고 하는지 모르겠습니다."

그는 한겨울 눈밭을 다닐 때를 빼고는 신발을 신지 않는다. "가톨릭의 프란치스코와 도미니크 성인도 구도를 위해 맨발로 다녔고 예수도 수행을 위해 신을 신지 않았습니다. 습관은 들이기 나름입니다. 자연을 눈으로 확인하고 마음으로 느끼는 것도 중요하지만 맨발을 통해 땅의 정기를 받아들이고 교감한다는 것은 더 중요합니다."

탁발과 삭발을 하고 맨발로 부처의 가르침을 실천하면서도 사찰에 들어가지 않는 이유는 무엇일까. "현대 불교는 초기 불교의 엄격함과 소박함을 잃었습니다. 음식은 너무 기름지고 향이 너무 진합니다. 배부르고 등 따스한 곳에 진리가 있을 수 없습니다. 수행을 위해 모든 것을 버려야 하는데 현대의 사찰은 너무 많은 것을 소유하고 있습니다. 그런 곳에 머무느니 차라리 별 아래 거지 생활이 더 행복합니다."

한국인에게 '거지 성자'로 알려져 있다고 하자 그의 표정이 일그러졌다. "중국 선종의 시조인 달마대사에게 양나라 무제가 부처의 가르침 중 가장 중요한 것이 무엇이냐고 물었지요. 달마는 한마디로 '확연무성廓然無聖'이라고 대답했습니다. 하늘 아래 성스러운 것은 없다는 뜻입니다. 나를 성자라고 부르는 건 얼토당토 않습니다. 나이 예순이 넘었건만 아직도 너무 많은 잘못과 실수를 저지르고 있습니다. 요즘 와서는 거지 노릇도 제대로 못하고 있습니다. 그런 나를 성자라 부르는 것은 진짜 성자들을 욕되게 하는 것입니다."

그가 묵고 있는 집이랄 것도 없는 폐가 안을 둘러봤다. 한 구석에 유교와 초기 불교경전 등 책 세 권과 노트 한 권 그리고 가끔 그를 찾아오는 지인이 갖다준 귤과 사과를 담은 라면 상자가 덩그러니 놓여 있었다. 문을 나서는 나에게 그는 중세 인도의 성자인 카비르의 시 한 구절을 읊어주었다.

사자가 울부짖지 않고 새도 날지 않는 숲속에서,
낮도 밤도 없는 숲속에서
나는 홀로 황홀하게 지낸다네.
그대여, 욕망을 갖고 쓸모없는 일 서두르며
왜 지옥을 향해 치달으려 하는가.

누더기 한 장만으로 20년간 부처의 깨달음을 실천해온 그가 전해준 선물이었다.

꽃한테서 배우라

'춘래불사춘春來不似春'이란 고사성어가 있다. 기다리던 봄이 왔지만 아침 기온이 영하로 곤두박질치는 날씨에 어울리는 말이다. 마음은 나비가 되어 봄을 거닐다가 혹한을 만나 움츠러들곤 한다. 산간지방의 기온이 영하로 떨어졌음을 알리는 일기예보가 유난히 호들갑스럽게 느껴진다. 호들갑스러운 것이 일기예보뿐이겠는가. 갑작스런 꽃샘추위에 몸을 잔뜩 움츠리고 언 손을 녹이는 사람들의 모습도 이에 못지않다.

조금 추우면 춥다고 난리고, 더우면 덥다고 떠들어대는 인간과 대조적으로 자연은 의연하기만 하다. 겨우내 꽁꽁 얼었던 가지 위로 초록색 새 가지가 돋아나고 어느덧 줄기 끝에는 하얀색 꽃망울이 맺혔다. 가녀린 줄기와 앙상한 가지에서 새근새근 숨 쉬는 소리가 들린다. 바야흐로 찬란한 봄을 예고하는 전주곡들이다.

벌써 꽃의 축제가 시작되었다. 섬진강가에는 이제 매화와 벚꽃이 만개했다는 소식이 들리고, 추운 지방에도 봄의 화신인 산수유를 시작으로 진달래, 개나리, 목련이 봄을 맞을 준비를 하고 있다. 봄철 내내 벚꽃, 철쭉, 꽃잔디, 수국, 장미의 빛깔이 찬란할 것이다. 여름에 접어들면 모란, 마로니에, 접시꽃, 백일홍, 봉숭아, 채송화, 분꽃이 아름다운 자태를 뽐낼 것이고 이어 귀뚜라미가 울기 시작하면 맨드라미, 나팔꽃, 깨꽃, 호박꽃, 해바라기, 과꽃, 국화, 코스모스의 향연이 줄지어 대기하고 있다.

내가 사는 집에는 작은 텃밭이 있다. 봄이 되면 딸애와 꽃씨를 뿌리고 새싹이 나오길 기다리는 것이 이제는 소중한 기쁨이 되었다. 새싹과 꽃들이 저마다 어떻게 절기를 알고 터져나오는지 너무 신기하다. 꽃들은 제가 나설 때를 알고 때 맞춰 꽃망울을 터뜨린다. 그 모습을 보면서 사람보다 낫다고 수없이 되뇌곤 한다. 벌거벗은 몸으로 겨울 추위를 고스란히 받아들인 뒤 저마다 새싹과 꽃을 피워내고 있는데 어떻게 대견하지 않겠는가.

집을 둘러가며 심은 접시꽃과 해바라기가 올여름도 서로 붉은색과 노란색 꽃망울을 터뜨릴 것이다. 탄성이 절로 날 것이다. 꽃을 보면 한밤중에 춤이라도 덩실덩실 추고 싶을 것이다. 꽃들에 대한 탄성이 그치면 경건함이 생겨날 것이다. 접시꽃과 해바라기의 색감과 자태를 발견하고는 '왜 접시꽃을 집 안에 심지 않는지, 고흐가 왜 그토록 해바라기를 그리는 데 집착했는지' 절감하면서 말이다.

진달래는 진달래대로, 벚꽃은 벚꽃대로, 목련은 목련대로 제 자리를 지키고 있다가 철이 되면 순서대로 터져나오는 것을 보면서, 나서야 할 때 나서지 못하고 물러나야 할 때 물러나지 못하는 사람들을 생각하게 된다. 그래서 사람이 꽃한테서 배워야 한다.

앞으로 좋은 날만 남았다. 찬란한 봄과 여름, 그리고 가을이다. 때로 삶에 지치고 신음조차 나오지 않을 때 수줍게 핀 꽃을 찾는 것도 세상을 살아가는 지혜가 아닐까. 꽃을 발견한 순간 마음속에 쌓였던 화가 녹아내리고 소박한 기쁨이 가슴을 때린다. 그것이 행복이다. 법정 스님은《홀로 사는 즐거움》을 통해 중국 임제선사의 말씀을 전하고 있다.

"언제 어디서나 모든 것을 긍정적으로 생각하라. 그러면 서 있는 자리마다 향기로운 꽃이 피어나리라. 자신의 존재를 있는 그대로 받아들이지 못하면 불행해진다. 진달래는 진달래답게 피면 되고, 민들레는 민들레답게 피면 된다. 남과 비교하면 불행해진다. 이런 도리를 이 꽃한테서 배우라."

박완서 선생님이 부러운 이유

명절엔 과식하게 마련이다. 이번 추석도 예외가 아니었다. 매번 소식을 다짐하지만 음식을 접하는 순간 굳은 맹세는 간 곳 없고 식욕만 나부낀다. 젓가락이 종횡무진 활약한다. 배에 포만감이 깃들면 그때부터 난감해진다. 화장실을 다니며 때늦은 후회를 하지만 소용이 없다. 굶어 죽은 조상이 계신 것일까, 전쟁통에 배곯은 부모의 유전자가 누대에 걸쳐 전해오는 것일까. 과거 '풍채 좋다'고 비유되던 '거미형 인간'이 이젠 놀림의 대상이 됐지만, 여전히 음식 앞에 서면 초라해진다. 'S 라인'을 꿈꾸지만 현실은 늘 비만과의 전쟁이다.

올 추석도 전쟁이었다. 손녀가 수저를 놓을 기세라도 보이면 외할머니가 질겁하신다. 밥상머리를 지키고 앉으셔서 고기 한 점이라도 더 먹으라고 불호령이시다. '이제 덜 먹고 마른 게 건강하고 대접받는다'고 강조하지만 외할머니로부터 돌아온 것은 "배가 덜 고파서 그렇다"는 핀잔이다. 조손 간의 신경전은 끝이 없다. 딸애의 별명은 '북한 제비'다. 어깨와 손목 굵기가 같은 가냘픈 몸매다. 친구들 사이에서는 부러움의 대상이지만 외할머니 눈에는 밥도 제대로 못 얻어먹은 말라깽이다. 외할머니의 포한抱恨은 자손이 비만이 되어야 풀릴 수 있다.

언젠가 소설가 박완서 선생님과 점심 먹을 기회가 있었다. 30도가 넘는 폭염의 날씨였다. 애주가이신 선생님은 자리를 잡자마자 "더운데 시원한 맥주나 한잔하자"고 제안하셨다. 맥주가 나오자 선생님은 연거푸 두 잔을 시원스럽게 들이키셨다. 《토지》이야기가 나오자 "박경리 선생님이 사시던 원주 집에서는 비닐 한 조각 나오지 않았어요. 국토 사랑을 글뿐 아니라 몸으로 실천하신 거지요. 《토지》가 바로 우리 민족이고, 자연보호를 노래한 것입니다."

선생님이 직접 겪은 6·25전쟁은 어떠했을까. 선생님은 촛불 시위를 보면서 "먹는 것에 대한 소중함에서 비롯된 모임이 정치적으로 많이 변질된 것 같아 마음이 아프다"고 말씀하셨다. 선생님께 음식은 어떤 의미일까. "어머니와 저는 피난 나갈 기회를 놓쳤어요. 서울에 남아 있으면서 밤에는 사회주의가 되고 낮에는 민주주의가 되는 세상을 경험했어요. 사람들이 살기 위해 어떻게 변해가는지 관찰할 수 있었어요. 음식 한 조각을 앞에 놓고 얼마나 처절하게 인간성이 몰락해가는지 말이에요. 이념도, 계급도 먹을 것 앞에서는 아무것도 아니에요."

박완서 선생님의 말씀을 들으며 병자호란 때 굶주린 백성들이 청나라 병사가 토한 것을 서로 먹겠다고 싸웠다는 구절이 생각났다. 힘없는 사람들은 토한 것을 서로 먹겠다고 싸우는 것을 지켜보며 눈물을 흘렸다는 것이다. 아마 누대에 걸친 배고픔에 대한 역사적인 경험과 왜곡된 분배 구조가 우리 민족으로 하여금 그토록 먹을 것에 집착하도록 만든 것이 아닐까. 과거에 잘 먹는 것은 부와 권력의 상징이었다. 지금은 성인병과 비만을 상징하지만 말이다.

40대 중반을 넘기면서 이런저런 이유로 모임이 잦아졌다. 그동안 서로 앞만 보고 달리느라 만나지 못했던 동창 모임도 부쩍 늘었고, 일 때문에 만나는 모임도 많다. 안부를 확인하고 세상 돌아가는 이야기를 하지만 대개 그렇듯 경제 상황과 자식 문제로 귀결되게 마련이다. 대기업 중역으로 승진했거나 재테크에 성공해 부러움을 한몸에 받은 친구도 자식이 공부를 잘해 명문학교에 입학했다는 친구 앞에서는 오금을 못 편다.

그런데 나이를 먹어가면서 자식 문제를 제치고 새롭게 등장한 화두가 있다. 바로 건강이다. 의사인 친구라도 나오는 날에는 너나없이 숨겨온 지병을 상담하느라 여념이 없다. 듣다보면 성한 사람이 없는 듯하다. 대머리 증상에서부터 허리와 다리 통증, 잦은 소변, 심지어 초기 암 증세까지 동창회가 졸지에 의료상담소로 변한다.

동창 모임의 결론은 9988234. 99세까지 팔팔하게 살다가 이틀간 앓고 사흘째 죽자는 것이다. 건강하게 오래오래 살지만 너무 오래 병석에 누웠거나 하루 만에 죽지 말고 사흘만 앓아서 가족들에게도 아쉬움을 주라는 말이다. 친구들이 암이나 교통사고로 유명을 달리했다는 소식을 들을 때마다 새삼 건강의 소중함을 떠올린다. 모두가 소식과 운동, 금연, 절주를 결의한다. 이중 실천하기 어렵긴 하겠지만, 가장 손쉬운 것이 덜 먹자는 다짐이다.

누군들 건강하게 살고 싶지 않겠는가마는 인생이 뜻대로 되는 것이랴. 아직 일할 나이, 앞길이 창창한데 가족을 위해서라도 건강해야 한다. 열심히 벌어 주위에 많이 베풀고, 먹고 싶은 것 덜 먹고 건강을 유지한다면 그게 바로 성공한 삶이다.

젊은 시절 최선을 다해 일하다 노년에는 좋아하는 친구들을 만나 소주 한 잔 넉넉히 마실 수 있는 체력과 경제력이 있다면 더이상 무엇을 바랄 것인가. 많은 연세에도 매년 새 책을 내고 뜻 맞는 지인을 만나면 소주 두 병을 거뜬히 비울 수 있는 박완서 선생님의 열정과 체력이 새삼 부럽다.

가수 박인수의 〈봄비〉

며칠 전 봄비가 내렸다. "콩, 콩, 콩." 천창天窓을 때리는 소리가
그렇게 좋을 수 없어 마당에 나가 한동안 비를 맞았다. 언제부터
인지 비만 내리면 노래를 흥얼거리곤 한다. 어릴 적 귀에 못이 박
히게 들었던 박인수의 〈봄비〉이다.

봄비에 젖어서 길을 걸으며 나 혼자 쓸쓸히 마음을 달래도……
한없이 적시는 내 눈 위에는 빗방울 떨어져 눈물이 되었나

봄비가 내리는 날이면 라디오에서 흘러나오는 이 노래를 따라

부르던 시절이 있었다. 비 내리는 오후면 레코드 가게에서는 어김없이 〈봄비〉를 틀고 또 틀었다. 비닐우산을 쓰고 버스를 기다리던 사람들도 그 노랫소리가 들리면 하늘을 한 번 올려다보고 상념에 젖은 채 발걸음을 총총히 옮겼다.

끊어질 듯 이어지고 이어질듯 끊어지는 박인수의 목소리는 어린 시절의 내 애간장을 녹였다. 우리 민족이 가진 한恨 때문이었을까. 1970년대 사람들은 그 노랫소리에 눈물을 흘렸다. 그렇게 주목을 받았던 그는 어느 날 홀연히 사라졌다. 그리고 오랜 세월이 흐른 뒤 우연히, 정말 우연한 기회에 그를 만날 수 있었다. 병들고 의탁할 곳 없는 노인들을 모신 일산 외곽의 한 요양원에서였다. 집 근처에 중풍과 치매 노인들이 살고 있다는 얘기를 듣고 마을 사람들과 함께 점심 한 끼 대접해드리고자 찾아간 곳이었다.

2002년 봄 꼭 이맘때였던 것 같다. 요양원은 컨테이너 박스를 연결해 만든 가건물이었다. 큰 나무 십자가가 걸려 있는 어두운 거실을 지나자 두세 명의 할머니들이 기거하는 작은 방들이 나타났다. 방 안에서는 퀴퀴한 냄새가 났다. 반쯤 열려 있는 문틈으로 할머니들이 누워계신 모습이 보였다. 그런데 유독 마지막 한 방만은 문이 굳게 닫혀 있었다.

점심 봉사가 끝나고 요양원을 떠나려는 데 원장님이 우리를 잡았다. 노래 한곡 듣고 가라는 것이었다. 원장님은 굳게 닫혀 있던 방으로 다가가 간절한 목소리로 대화를 나누었고 마침내 문이 열렸다. 초로의 남자가 기타를 메고 나왔다. 반백의 얼굴에는 주름이 가득했다. 허리마저 꾸부정했다. 몇 번 목청을 다듬으며 기타 음을 고르더니 이윽고 노래를 시작했다.

참 오랜만에 듣는 〈봄비〉였다. 스러질 듯 스러지지 않는 봄비가 갑자기 어두운 거실에 부슬부슬 내리는 듯했다. 순간 나는 놀라움에 숨을 제대로 쉴 수 없었다. 음색이 많이 탁해지긴 했지만 내가 어린 시절 듣던 바로 그 목소리가 부르는 노래였다.

그는 놀란 내 표정을 보았을까. 아니 온몸으로 노래를 불렀으니 관객의 표정쯤이야 무엇이 중요하랴. 노래를 마친 그는 기타를 들고서 다시 어두운 복도를 지나 방문을 굳게 닫아걸었다. 원장님의 설명에 의하면 이런저런 이유로 그가 이곳에 찾아들었을 때는 이미 위암이 상당히 진행된 상태였다고 했다. 젊음도, 돈도, 명예도 모든 것을 잃고 그는 이곳에 왔다. 의탁할 데 없는 노인이 된 그는 세상과 인연을 끊고 조용히 암 투병을 하고 있었다. 요양원을 나서며 그가 이 모진 세월 속에서 제발 살아남기를 나는 간절히 바랐다.

그후로 7년 만에 다시 요양원에 전화를 걸었다. 역시 천창을 때리는 봄비 소리를 들은 바로 다음날이었다. 젊은 여성이 전화를 받았다. 내 목소리는 유난히 떨렸다.

"〈봄비〉라는 노래를 불렀던 박인수 씨가 아직 그곳에 계신가요?"

"네, 그럼요. 이제 몸이 많이 좋아지셨어요."

'아! 그가 아직 살아 있구나!' 나는 하느님께 감사드렸다. 시간

이 지난 뒤 그가 그 애절한 목소리로 부르는 〈봄비〉를 다시 들을
수 있다면 얼마나 행복할까.

길상사를 아시나요?

서울 한복판 성북동 골짜기에 단아한 모습을 한 작은 절이 있다. 10여 년 전 우연히 길상사를 알게 된 후 가끔 머리를 식히러 가는 아름다운 곳이다. 길상사의 전신은 삼청각, 청운각과 함께 한국을 대표하는 3대 요정 중 하나인 대원각이다.

당대 최고의 요정인 대원각을 운영하던 김영한 할머니(법명 길상화吉祥華)가 법정 스님의 글을 읽고 크게 감명받아 1987년 대원각을 기부해 길상사로 거듭난 것이다. 술잔 부딪히는 소리, 노랫소리가 질펀했던 대원각에는 이제 바람소리, 풍경소리, 독경소리가 청아하게 울려퍼지고 있다.

길상사를 기부한 김영한 할머니에게는 젊은 시절의 소설 같은 사랑이 있었다. 향토색 짙은 서정시인 백석과의 사랑이다. 평안북도 정주가 고향인 시인 백석은 남녘에는 김영랑, 북녘에는 백석으로 불리울 정도로 아름다운 시어로 유명하다.

서울이 고향인 김영한은 열여섯에 집안이 몰락하자 꽃다운 나이에 가족을 위해 스스로 한성 기생 진향이 되었다고 한다. 노래와 궁중무로 권번가에서 두각을 나타냈고 당시에는 드물게 수필을 발표해 일약 인텔리 신여성으로 이름을 날렸다. 미모에 시와 글, 글씨, 그림, 춤, 노래까지 못하는 것 없이 다재다능했다니 그의 인기가 얼마나 하늘을 찔렀을까.

스물세 살. 홍사단과 조선어학회에서 활동했던 영한은 정신적인 스승이었던 신윤국의 도움으로 일본 도쿄로 유학을 떠나게 된다. 하지만 행복도 잠시, 그가 정치적인 사건으로 투옥됐다는 소식을 듣고 급거 귀국해 함흥 감옥을 찾아가지만 면회조차 거절당한다.

여기서 김영한은 신여성에서 다시 기생의 길을 택한다. 존경하는 스승을 만나기 위해서였다고 한다. 함흥 기생이 되면 지역 유지의 도움으로 스승의 모습을 볼 수 있다고 생각했었나 보다. 이때 시인 백석과의 운명적인 만남이 이루어진다. 김영한보다 네 살 많았던 백석은 일본 유학을 마치고 함흥 영생여고의 영어교사로 있다 기생집에서 김영한을 조우하게 된다.

백석은 영한을 보고 첫눈에 반해 그의 손을 잡고 다짐한다. "죽음이 우리를 갈라놓을 때까지 이별은 없을 것"이라고. 하지만 백석 집안에서는 아들이 기생에 빠져 있다는 소식을 듣고 서둘러 다른 여자와 결혼을 시킨다. 백석은 사랑과 현실 속에서 고민하고, 영한을 사랑하는 마음을 담아서 백석의 대표적인 시 〈나와 나타샤와 흰 당나귀〉를 짓게 된다. 백석의 대표적인 이 시에는 나타샤, 즉 영한에 대한 애절한 사랑이 담겨 있다.

나와 나타샤와 흰 당나귀

가난한 내가
아름다운 나타샤를 사랑해서
오늘밤은 푹푹 눈이 나린다

나타샤를 사랑은 하고
눈은 푹푹 날리고
나는 혼자 쓸쓸히 앉아 소주를 마신다
소주를 마시며 생각한다
나타샤와 나는
눈이 푹푹 쌓이는 밤 흰 당나귀 타고
산골로 가자 출출이 우는 깊은 산골로 가 마가리에 살자

눈은 푹푹 나리고

나는 나타샤를 생각하고
나타샤가 아니 올 리 없다
언제 벌써 내 속에 고조곤히 와 이야기한다
산골로 가는 것은 세상한테 지는 것이 아니다
세상 같은 건 더러워 버리는 것이다

눈은 푹푹 나리고
아름다운 나타샤는 나를 사랑하고
어데서 흰 당나귀도 오늘밤이 좋아서 응앙응앙 울을 것이다

백석은 영한에게 달려가 만주로 달아나자고 설득하지만 거절당한다. 좌절한 백석은 1939년 만주로 혼자 쓸쓸히 떠난다. 이것이 두 사람 사이의 영원한 이별이 되었다. 백석은 만주를 유랑하며 세월을 보낸 뒤 광복을 맞아 고향으로 돌아왔지만 영한은 남아 있지 않았다. 서울로 돌아간 것이었다. 이생에서의 영영 이별이었다.

백석은 그후 북한 사회주의체제 속에서 핍박을 받으며 기구한 삶을 살게 된다. 사랑과 향수에 관심이 있었던 시인 백석에게 정치체제나 이념은 아무런 의미가 없었다. 당성이 부족하고 사랑타령이나 하는 시인이 북한체제에서 어떻게 살아갔을지 상상이 된다. 백석은 1950년대 사망한 것으로 알려졌지만, 1990년대 중반까지 살았던 것으로 새롭게 밝혀졌다. 고단한 삶의 무게를 짐작케 한다.

백석을 평생 그리워한 영한은 그의 생일인 7월 1일이 되면 하루

동안 음식을 입에 대지 않았다고 한다. 김영한은 사업에 성공해 당대 요정인 대원각을 운영하게 된다. 1997년 2억 원을 출연해 창작과 비평사에 '백석문학상'을 제정했고, 같은 해 7천여 평의 대원각 대지와 건물 40여 동을 모두 법정 스님에게 시주해 길상사를 세웠다.

법정 스님은 길상사를 창건한 뒤 제법 정갈한 절로 모습을 갖추게 되자 모든 것을 맡기고 인적이 드문 순천 송광사 뒤 대숲에 있는 불일암으로 돌아갔다. 그곳에 법정 스님이 기거한다는 소식이 알려져 사람들이 찾아오자 스님은 또다시 거처를 강원도 산속의 작은 오두막으로 옮기셨다.

재단 사무실에 찾아온 손님을 모시고 점심시간을 이용해 초여름의 길상사를 찾은 적이 있다. 중생에게 자비를 베푸시는, 정갈하게 생기신 아미타불이 팔을 활짝 벌려서 우리를 맞았다. 극락전과 스님들이 수도하는 도량 사이에 예쁜 기와문이 있고 때마침 그 위로 탐스런 능소화가 장관을 이루고 있었다. 모든 꽃들이 아름다운 계절 춘삼월이나 선선한 바람이 부는 풍요로운 가을에 피면 얼마나 좋을까.

능소화는 꽃잎이 아름다워 보는 이들이 넋을 잃을까 보통 울타리 안에 심지 않았다고 한다. 그런데 아쉽게도 이 꽃은 대부분 장마철 우중에 화려한 꽃망울을 터뜨린다. 화려한 자태를 자랑하지도 못한 채 장맛비 속에서 시들어가니 미인박명의 애틋함을 갖게 한다.

김영한은 현재 길상사 한쪽에 영원한 그의 법명처럼 영원한 길상화로 잠들어 있다. 죽음도 그들을 갈라놓지 못했던 숭고한 사랑을 생각하며 길상사를 나섰다. 그때 갑자기 소나기가 쏟아졌다.

절망을 가르는 희망

중학교 3학년 때《검은 고양이》《어셔가의 몰락》등 음울하고 괴기스러운 소설로 유명한 에드거 앨런 포의 시집에서 읽은 시 한 편이 있다. 제목조차 가물가물하지만 내용만은 30여 년이 지난 지금도 기억 속에 선명하게 남아 있다. 아마 '무슨 마녀'라는 제목이었을 것이다. 미국을 떠나 유럽을 순방하던 에드거 앨런 포가 이탈리아의 한적한 어촌을 거닐고 있었다. 그때 남루한 옷을 입은 아이들이 새장 같은 것을 빙 둘러싸고 고함을 치는 모습이 눈에 들어왔다. 아이들은 남에게 뒤질세라 돌아가며 악다구니를 쓰고 있었다.

"마녀야! 마녀야! 너의 소원이 무엇이냐?" 하고 한 아이가 고함을 치면, 다른 아이가 받아서 "마녀야! 네 소원을 말해보렴" 하고 또다시 고함을 질렀다. '누구에게 고함을 치는 걸까?' 하고 궁금해진 포는 아이들 사이를 비집고 새장 앞으로 다가갔다.

새장 속에는 흉측하게 생긴 작은 벌레가 허리를 꺾은 채 조용히 누워 있었다. 아이들의 고함소리에 지친 듯 오랜 침묵을 깨고 마침내 신음 섞인 작은 소리가 흘러나왔다. "어서 나를 죽여다오. 그것만이 나의 유일한 희망이다."

얘기는 수천 년 전으로 거슬러 올라간다. 당시 그곳에는 한 젊은 마녀가 살고 있었다. 그녀는 너무 아름다운 외모를 지녔을 뿐 아니라 사람들의 미래를 정확히 알아맞히는 능력을 갖고 있었다. 그녀가 예측한 사람들의 운명은 한치의 오차도 없이 그대로 실현됐으니 그녀를 모르는 사람이 없었다.

이런 소문은 세상을 다스리던 제우스의 귀에까지 들어가게 되었다. 어느 날 제우스는 마녀를 초대했다. 세상의 소문대로 너무 아름답게 생겼을 뿐 아니라 인간의 운명을 마치 거울을 들여다보듯 알아맞히는 것을 보고 제우스는 감탄했다.

인간과 신의 차이가 무엇일까. 신은 인간의 운명을 예측할 수 있고 영원히 살 수 있는 존재이다. 마녀에게 반한 제우스는 그녀에게 "네 소원이 무엇이냐?"고 물었다. 그녀는 너무나 기쁜 나머지 "저도 영생을 누릴 수 있게 해주십시오"라고 말했다.

그러자 제우스는 "네 주먹 안에 있는 먼지만큼 오래 살게 될 것이다"라고 선언했다. 마녀는 뛸 듯이 기뻤다. 드디어 인간에서 신의 위치에 올랐다고 느꼈기 때문이다. 하지만 시간이 가고, 세월이 흐르자 마녀의 눈가에는 주름이 생기고 손에는 검버섯이 피기 시작했다. 세월 속에 아름다움과 젊음이 사그라졌다. 그녀가 제우스에게 부탁할 때 '영원한 젊음을 누리면서 영원히 살게 해달라'고 말하는 것을 잊었기 때문이다.

사람들이 죽어가고 세상이 바뀌었지만 마녀는 영원히 죽지 못하고 점점 쪼그라들어서 결국에는 작은 벌레가 되었다. 그리고 바닷가에서 잡혀 새장에 갇힌 채 아이들의 영원한 놀림거리가 되고 말았다. 마녀는 다 죽어가는 목소리로 오늘도 말한다. "나의 소원은 죽는 것이다. 어서 나를 죽여다오"라고.

암울했던 유년 시절과 열세 살 나이 차이가 나는 조카와의 불행한 결혼생활, 아내(버지니아 포)의 정신질환과 가난 속에 살다 마흔 살에 비명횡사한 포의 작품에는 깊은 절망감이 드리워져 있다. 그는 섬뜩한 괴기 소설뿐 아니라 시를 통해서도 인간의 절망을 노래했다. 인간의 본태성本胎性이 바로 절망이라고 외치는 것이다. 어머니 뱃속에서 세상으로 내던져지는 순간 인간은 절망에 기댈 수밖에 없는 존재이고 평생을 절망하다가 죽어간다고 그는 웅변한다.

하지만 나는 절망은 희망의 또 다른 이름이라고 생각한다. 절망 속에서 희망을 보는 것이 우리 인간이라고 말이다. 영원한 절망도 없고 영원한 희망도 없듯이, 인간의 본태성은 절망이지만 그 절망은 인간의 영혼을 성숙시킨다. 그리고 성숙된 영혼은 절망을 희망으로 바꾸어놓는다.

　지금도 이탈리아의 어느 바닷가에서는 "나를 죽여 달라"고 외치는 마녀의 목소리가 들릴 듯하다. 조무래기들을 헤치고 새장으로 다가가는 포의 모습이 보인다.

감자 세 알의 희망

"1페니히(우리 돈으로 6원)라도 좋습니다. 여러분의 정성을 모아주십시오."

1998년 크리스마스이브. 나는 독일 남부 뮌헨에서 32킬로미터 떨어진 호반도시 '에싱Eching'의 작은 성당에 앉아 있었다. 창밖에는 흰 눈이 흩날리고 있었다. 난방이 되지 않는 성당 안은 냉기가 감돌았다. '누가 짠돌이들 아니랄까봐!' 냉골에서 크리스마스이브 미사를 치르는 독일인들에게 은근히 부아가 치밀었다.

만약 예수님이 살아나신다면 십자가에서 내려오셔서 "아낄 것이 따로 있지 내 생일날도 벌벌 떨게 하냐?"며 독일 신부에게 종

주먹을 내밀지 않으셨을까. 하긴 죽은 가족의 속옷조차 벼룩시장에 내다 파는 근검정신의 독일인 아니던가. 깨끗하게 풀 먹인 뒤 예쁜 리본까지 묶어놓은 망자의 속옷을 볼 때 '삶과 죽음이 문화적으로 이렇게 다를 수 있구나' 절감했다.

예수님의 사랑을 주제로 한 독일 신부님의 강론은 취객의 독백처럼 들렸다. 심한 바이에른 사투리 때문에 거의 알아들을 수 없는 데다 강한 비음을 가지셨으니 신부님 목소리는 밀물처럼 내 귀에 가까워졌다 썰물처럼 멀어져갔다.

1998년 겨울은 유난히 많은 눈이 내렸다. 아마 평생 동안 볼 눈을 그때 다 본 것 같았다. 하늘은 모든 것을 파묻기로 작정한 듯 하염없이 눈을 쏟아냈다. '눈만 봐도 겁난다'는 말이 실감났다. 내게 눈은 공포의 대상으로 변해갔다. 아침부터 마을 사람들이 몰려나와 쌓인 눈을 치웠지만 '길 없는 길'이 되풀이되었다. 꼬마들이 썰매를 타기 시작하자 처음에는 주뼛거리던 어른들도 하나둘 스키를 타고 나타나 '눈 난리'를 즐겼다. '설국雪國'이 따로 없었다.

뮌헨 시내의 한인 성당에 다니던 우리 가족은 이날 처음으로 마을에 있는 독일 성당의 문을 두드렸다. 하긴 그 폭설을 뚫고 시내까지 나갈 사람이 누가 있겠는가. 강론이 끝나고 바하풍의 장엄한 미사곡이 울려퍼졌다. 음악 소리에 퍼뜩 정신이 든 나는 주위를 둘러보았다. 옆집의 요셉 할아버지와 엘리자베스 할머니가 초록색과 빨간색 바이에른 전통 복장을 입고 앞좌석에 앉아 있었다. 그 옆에서는 동네 개구쟁이인 플로리안이 발 장난을 치고 있었다.

그 순간 나와 조금 떨어진 옆좌석에 다소곳이 앉아 계신 할머니가 눈에 띄었다. 머리에 흰색 머플러를 두른 할머니는 나무 바구니를 소중히 안고 계셨다. 사용한 지 10년은 족히 되어 보이는 낡고 빛바랜 바구니였다.

내가 낮은 목소리로 물었다. "할머니 무슨 바구니예요?" 여든을 훌쩍 넘겼을 할머니 얼굴에 잔잔한 미소가 스쳤다. 나이에 비해 곱게 늙은 얼굴이었다. "기부금을 내려고 가져온 것이라오!" "아! 네." 헌금 순서가 되자 할머니는 조심스럽게 바구니를 들고 앞으로 나갔다. '무슨 소중한 것이 담겨 있을까?' 하지만 의문은 이내 미사곡에 묻혀버렸다. 신부님이 성호를 그어 발이 꽁꽁 언 신자들에게 축복을 내리는 것으로 미사는 끝이 났다. 사람들은 조용히 성당을 빠져나갔다.

'아! 할머니는 어디로 가셨을까?' 나는 황급히 주위를 둘러보았다. 그때 할머니는 지팡이를 짚고 막 성당 문을 나서고 계셨다. 부리나케 할머니를 쫓아갔다. "할머니! 바쁜 일 있으세요?" 할머니는 궁금하다는 표정으로 내 얼굴을 바라보았다. '내가 늙어서도 이렇게 고운 주름을 가질 수 있을까?' 하는 생각이 들 정도로 고운 얼굴이었다.

"왜 그러우?" "이제 눈이 그친 것 같아요. 할머니하고 얘기를 하고 싶어서요?" "나하고 말이우?" 나는 조용히 고개를 끄덕였다. "아까부터 궁금했어요. 무슨 바구니일까 하고?" "그래요? 별것 아니라오." 일곱 살 난 딸애는 "뭐가 들었는지 말씀해주세요!"

라며 할머니에게 조르듯 간청했다. 할머니는 동양의 어린애가 또렷하게 독일 말을 하는 것이 신기한 듯 웃으셨다.

마당에 선 채 할머니는 이야기를 시작했다. "벌써 50년도 더 된 이야기라오. 2차 세계대전이 일어나고 우리 가족은 정말 비참하게 지내고 있었어요. 내 나이 20대 후반이었으니 한창 젊을 때였지. 남편이 전사했다는 통지서를 받고 절망으로 밤을 지새우고 있었다오. 사는 낙도, 살아갈 방법도 없었지. 그래도 네 살 난 아들과 두 살 난 딸이 있었기에 어떻게든 살아야 한다고 수없이 다짐하곤 했다오." 할머니의 눈에 이슬이 살짝 맺히는 것 같았다.

"우리 가족은 며칠째 먹지 못해 굶주리고 있었다오. 아이들은 너무 배가 고픈 나머지 음식을 그린 뒤 벽에 붙여놓고 배불리 먹는 놀이를 했다오. 그러던 어느 날 기적처럼 주먹만 한 감자 세 개가 현관 앞에 놓여 있는 거야. 너나없이 가난한 시절이라 누구를 도와준다는 것은 꿈도 꿀 수 없는 때였다오. 처음에는 '누군가 우리를 위해 좋은 일을 하겠지' 하고 별 생각 없이 먹었는데 며칠이 지나자 궁금해지기 시작했어요. 그래서 새벽녘 창문 틈으로 내다보니까 이웃집 할아버지가 살금살금 다가와 감자 봉투를 현관에 놓고 사라지는 거야. 그 할아버지는 1차 세계대전 때 아들 둘을 잃고 할머니와 단둘이서 농사를 지으며 살고 있었다오."

한동안 환하던 하늘에 다시 먹구름이 끼면서 눈발이 날리기 시작했다. "할머니! 우리 성당으로 들어가요. 사무실에 차를 달라고 부탁할게요." 아내가 할머니의 팔짱을 끼며 말했다. "그래요! 그

럽시다." 할머니는 앞장서 성당 안으로 들어가셨다. 연습을 하던 성가대는 우리가 성당 안으로 들어서자 앞다퉈서 크리스마스 인 사를 했다. "구텐 바이나크텐!(성탄을 축하해요!)"

성당 뒷좌석에 자리를 잡은 할머니는 노인 성가대원들이 장중 하게 부르는 크리스마스캐럴을 배경 삼아 이야기를 이어갔다. "그때 '세상은 참 아름답구나' 하고 느꼈어요. 노부부를 찾아가 감사의 뜻을 전했다오. 하지만 내게는 은혜를 보답할 능력이 없었 지. 몇 번이고 고개를 숙여 감사의 뜻을 표하는 것 외에는 말이오. 그후 두 달 동안 도움을 받다가 친척이 있는 다른 도시로 이사를 하면서 그분들께 작별을 고했다오. 나는 다행히 조그만 가게에 취 직해 그 어려웠던 시절을 견디며 두 아이를 공부시킬 수 있었지. 큰애는 지금 베를린에서 은행 지점장으로 있고, 딸애는 프랑크푸 르트에 살고 있다오."

"그런데 할머니 그 바구니는 뭐예요?" "아 참! 얘기가 너무 길 어졌네. 한 20년은 됐나보오. 아마 이맘때일 거야, 크리스마스를 앞두고 TV에서 아프리카와 아시아의 어린이들이 전쟁과 가난으 로 죽어가는 모습을 보여준 적이 있어. 그때 갑자기 뒤통수를 맞 은 듯 전쟁 통 기억이 떠오른 거야. '그래! 은혜를 갚을 때가 온 거 야' 하는 생각이 들었지." "할머니, 은혜가 뭐예요?" 딸아이가 궁 금한 듯 물었다. "그래! 너도 궁금하구나? 우리 가족이 전쟁 통에 노부부로부터 매일 감자를 하나씩 얻어서 그 어려운 시절을 무사히 넘길 수 있었던 것 말이다. 이제는 그것을 갚고 싶었어."

그때부터 할머니는 매일 아침 식사를 거르는 대신 그 식사비를 저축하기로 결심했다. 독일 사람들은 아침 식사로 빵과 우유, 소시지 한 조각을 먹는다. "아침 식사비는 3마르크(우리 돈으로 약 1천8백 원) 정도 되는 셈인데, 아침을 금식 기도로 대신하고 그 돈을 모았지요. 식사 시간 동안 내가 전쟁 중에 받은 은혜를 감사하게 생각하며 가난한 사람을 위해 기도했지요." 할머니의 그 말씀을 듣는 순간 나와 아내는 감동으로 온몸이 떨려왔다. 딸아이는 갑자기 숙연해진 우리 모습이 이상했는지 두리번거리며 우리 얼굴을 번갈아 쳐다보았다.

"그렇게 3마르크씩 모으다보니 일년새 1천 마르크가 모아졌지요. 그 돈을 매년 크리스마스이브에 이 바구니에 넣어 헌금하고 있는 거예요." "할머니! 그러면 20년 넘게 아침 식사 대신 기도를 해오신 거예요?" "그때 우리 가족이 받은 은혜에 비하면 아무것도 아니지요. 내 목숨이 붙어 있는 한 기도를 계속할 거예요." 말을 마치신 할머니는 갑자기 몸을 일으키셨다. "난 할 일이 있어서 이제 가봐야겠구려." 우리가 말릴 틈도 주지 않고 할머니는 나와 아내, 딸애의 손을 잡고 흔들며 반갑게 성탄 인사를 하셨다.

"구텐 바이나크텐!" "구텐 바이나크텐!" 모든 것이 한순간에 일어난 일이었다. 할머니를 성당에서 만난 것도, 짧은 대화를 나눈 것도, 그리고 할머니가 서둘러 자리를 떠나신 것도. 나와 아내는 영화의 한 장면을 바라보듯 감동 어린 눈으로 작고 구부정한 할머니의 뒷모습을 바라보았다. 할머니는 길을 건너고 빵집을 돌아 골목 안으로 사라지셨다. 할머니가 보이지 않을 때까지 우리는 함박눈을 맞으며 성당 문 앞에 서있었다.

386세대의 자식 농사

우리 속담에 '땅 농사는 남의 농사가 잘돼 보이고 자식 농사는 내 농사가 나아 보인다'는 말이 있다. 아무리 못난 자식이라도 내 자식이 잘생기고 똑똑해 보인다는 말이다. 피가 당기고 정에 끌리는 것이니 어쩔 수 없는 일이다. 부모가 자식을 사랑하는 것이야 인지상정이겠지만 도를 넘으면 약이 아니라 독이 될 수 있다. 중국에서도 한때 '소황제(小皇帝, 1979년 덩샤오핑이 시작한 1가구 1자녀 원칙에 의해 태어난 아이들)'의 출연이 사회적으로 큰 문제가 된 적이 있었다.

얼마 전 대학 동창들이 모인다는 연락을 받고 반가운 마음으로 나갔다. 오랜만에 보는 얼굴이 많았다. 그동안 대머리가 된 친구,

흰머리가 된 친구, 아직 대학 때의 얼굴을 고스란히 간직하고 있는 친구…….

험악했던 신군부 시절 대학 때의 추억과 무용담이 화제가 되었다. 다른 친구들의 근황과 경제 전망, 직장생활, 급기야 건강 문제와 노후 대책까지 화제가 이어지더니 결국은 자식 교육 문제로 귀결되었다. 구체적으로 말하면 자식의 공부 문제, 즉 대학 가는 문제였다.

자식들이 중·고등학생이니 교육에 관심을 갖는 것이 당연한 일이다. 한 친구가 '어떻게 하면 자식을 좋은 대학에 보낼 수 있을까?' 하는 화두를 꺼내자 기다렸다는 듯이 고교 교사와 학원 원장인 친구 주위로 몰려들었다. 때려서라도 자식을 특목고에 보내야 한다는 친구, 아이를 한밤중까지 과외와 영재학원에 뺑뺑이 돌리고 있다는 친구, 조기유학을 보내겠다는 친구까지, 치맛바람도 무섭지만 바지바람이 더 무섭다는 것을 실감했다. 결국 사교육의 폐해와 정상적인(?) 입시를 주장하는 목소리는 "세상 물정 모른다"는 핀잔을 들으며 침묵을 지켜야 했다.

자식의 성공을 위해 많은 것을 포기하면서까지 강남 대치동과 도곡동으로 입성했다는 얘기를 듣고 있자니 갑자기 서글퍼졌다. 미워하면서 닮는다는 말이 있다. 1980년대 초반, 무력으로 집권한 신군부와 광풍처럼 불어닥친 부동산 투기, 고액 비밀 과외 같은 사회적 부조리에 항거했던 386세대였다. 그런데 40대에 들어서면서 자신이 비판했던 모습을 좇아가고 있는 것만 같았다. 정당하지 못한 방법으로 권력과 경제적 부를 축적한 사람들을 비판하던 우리들 안에서 어느덧 우리가 비판했던 그들의 모습이 나타나기 시작했다.

내가 아는 분 가운데 홀어머니의 사랑으로 성공한 분이 있다. 불우한 환경을 비관해 사고를 치기만 하던 어느 날 어머니의 사랑을 깨닫고 새사람으로 거듭났다고 한다. 그의 어머니는 매일 새벽 정화수 한 사발을 떠놓고 삐뚤어진 외아들이 사람 되기를 빌었다. 우연히 이런 모습을 목격한 아들은 참회의 눈물을 흘렸고 각고의 노력 끝에 성공하게 되었다는 것이다. 이같은 감동 신화가 점점 사라지는 것 같아 쓸쓸하다.

'소황제'와 자식에 목숨을 거는 부모들이 늘어나면 날수록 두메산골에서 홀로 공부한 학생들이 수백만 원짜리 과외를 받은 강남 학생들을 제치고 당당히 수석 합격했다는 뉴스를 듣고 싶다. 그래야 그동안 꽉 막혔던 체증이 내려가면서 그래도 우리나라가 아직 살 만한 곳이라고 느낄 수 있을 테니까.

흰머리 아빠 붐

얼마 전 길을 걷다 우연히 지인 한 분을 만났다. 반가움에 달려가 손을 잡았는데 품안에 돌잡이 아이가 안겨 있었다. "무심결에 손주 보셨네요. 축하합니다" 하고 인사를 건넸더니 낭패의 빛이 역력했다. 아차! 싶은 게 나이 쉰이면 한창인데 왜 자식을 낳았다고는 생각하지 못했는지 모르겠다.

주위에 늦둥이를 낳는 나이 많은 부부가 부쩍 늘고 있다. 하루하루 아등바등 살아가는 사람들에게는 '팔자 좋은' 사람들의 이야기로 비춰지기 십상이지만, 자식들이 성장해 하나둘 품안을 떠나면서 늦둥이를 낳을지 고민하는 사람들이 많다고 한다. 요즘 부의 상징은 재산이 아니라 자식이라는 농담도 있다.

오스트리아의 심리학자 하랄트 베르네크는 늦둥이를 낳는 현상에 대해 "나이든 아빠는 젊은 아빠에 비해 출세의 욕망이나 스트레스가 적어서 자신의 감정과 열정을 아이에게 쏟을 수 있기 때문"이라고 설명한다. 경제적·정서적으로 여유 있는 흰머리 아빠는 젊은 시절 첫 아이 때의 시행착오를 줄이면서 아이의 정서를 발전시키는 데 유리하다는 얘기다. 한 발 더 나아가 흰머리 아빠를 둔 아이들은 아빠가 후천적으로 획득한 유전인자를 물려받게 돼 상대적으로 영리하다는 주장도 있다.

그러나 반대의 주장도 만만치 않다. 마흔 살이 넘어 자식을 낳을 경우 염색체가 손상될 가능성이 있다는 것이다. 이 때문에 장애 어린이가 태어날 확률이 먼저 낳은 아이에 비해 세 배가 넘는다고 한다. 미국의 일부 지역에서는 정자를 기부할 수 있는 나이를 서른네 살로 제한하고 있다. 이런 주장에도 불구하고 사회가 노령화되고 이혼율이 증가하면서 외국에서는 1990년대 이후 흰머리 아빠가 사회의 한 트렌드로 자리잡고 있다.

늦둥이 바람은 그칠 줄을 모른다. 독일과 프랑스에서 거리를 걷다보면 목말이나 유모차에 아기를 태우고 행복한 표정을 짓는 흰머리 부부를 흔히 볼 수 있다. 50대인 백발의 부부가 늘그막에 얻은 자식 때문에 행복에 겨워하는 모습을 목격할 수도 있다. 늦둥이가 삶의 활력소인 셈이다.

오래전 독일 사회민주당SPD 당수직을 내던지고 고향으로 돌아간 오스카 라퐁텐이 오랜 침묵을 깨고 두 살짜리 아들을 무동 태운 채 나타난 적이 있다. 자연인으로 돌아가 한 아이의 아버지로서 말년을 보내겠다는 무언의 선언이었다. 그의 모습에서 많은 사람들은 노년의 자기 모습을 발견했다고 한다. 시사 주간지 〈슈피겔〉에 따르면 1990년대 독일에서 출생한 아이 열 명 중 한 명이 40대 중후반의 부모에게서 태어난 것으로 나타났다.

라퐁텐뿐 아니라 요하네스 라우 사민당 출신 전 대통령과 보수당인 기독교사회당CSU 당수 출신 테오 바이겔 전 재무장관도 백발에 자상한 아빠 노릇을 하느라 정신이 없다고 한다. 그레고어 기지 민주사회당PDS 당수는 두 살배기 딸과 놀 때가 가장 행복했다고 말했다. 슈피겔은 이들 정치인과 유명 인사들이 장년에 2세를 갖는 것은 권력의 무상함 때문이기도 하지만 자신의 정력을 과시하기 위한 목적이 포함돼 있다고 꼬집었다.

할리우드 스타 앤서니 퀸은 자녀가 너무 많다는 지적에 대해 자신이 "남성으로 아직 능력이 있는지 시험하고 싶었다"고 말하기도 했다. 그는 두 부인에게서 태어난 열한 명의 자녀 외에 일흔여덟 살과 여든한 살에 연거푸 증손자뻘인 아들과 딸을 두어 세상을 놀라게 했고, 찰리 채플린은 쉰네 살에 열일곱 살의 소녀와 결혼해 세 아들과 다섯 딸을 낳아 노익장을 과시했다.

늘그막에 자녀를 얻는 것은 주책이나 부끄러운 일이 아니라 제2의 삶을 시작하는 신호탄이자 인생의 활력이 되고 있다. 세계적인 흰머리 아빠의 대열에 이제는 우리 사회가 적극적으로 동참할 움직임을 보이고 있다. 혹시, 내년에 늦둥이를 낳을 계획이 있으신지요?

영원한 것은 맥주뿐!

독일 하면 떠오르는 것은 축구, 자동차, 맥주이다. 1970~80년대 '전차군단'이라고 불리던 서독 축구 대표팀은 세계 최강이었다. 그들이 활약했던 무대가 독일 분데스리가였다. 축구 하면 자다가도 벌떡 일어나는 것이 독일 사람이다. 독일 사람들이 얼마나 축구를 사랑하는지 가늠할 수 있는 것이 '차범근'에 대한 기억이다. 1978년부터 10년 동안 프랑크푸르트와 레버쿠젠에서 활약하면서 308경기에 참가해 98골을 득점한 차붐(차범근의 애칭)은 아직도 독일인의 기억 속에 아시아의 축구 천재 '갈색 폭격기'로 남아 있다.

차붐은 매년 열 골을 넣으며 MVP와 득점왕에 선정되었다. 차

붐이 두각을 나타내자 독일축구협회는 국가대표 자리와 독일로의 귀화를 제안했다. 지금도 나이 지긋한 독일인을 만나면 "차붐을 아느냐?"고 묻는다. 30년 전의 한 아시아 천재 선수를 또렷하게 기억할 정도니 독일인의 축구 사랑이 얼마나 깊은지 미루어 짐작할 수 있다.

자동차의 명품 메르세데스 벤츠와 BMW, 아우디도 빼놓을 수 없다. 독일 속담에 '아내 없이는 살아도 자동차 없이는 살 수 없다'는 말이 있다. 그만큼 자동차에 대한 애착이 대단하다. 휴일이면 자동차를 정성들여 쓸고 닦는 많은 독일 사람을 볼 수 있다. 자동차 사랑은 끝이 없다. 독일인들은 인간이 만들 수 있는 최고의 명품을 벤츠 S600이라고 자랑한다.

"책은 고통을 주지만 맥주는 우리를 즐겁게 한다. 영원한 것은 맥주뿐!" 괴테의 시에 나오는 구절이다. 독일을 대표하는 대문호도 공부보다 맥주 마시는 것을 즐겼나 보다. 뭐니뭐니 해도 독일인의 사랑을 독차지하는 것은 맥주다. 맥주는 독일인들에게 생명수요, 중요한 음식이다. 독일인에게 날씨는 세계관이라는 말이 있다. 비가 오거나 먹구름 드리워진 날씨가 그들의 정신세계를 비롯한 모든 것을 지배한다는 뜻이다.

찌뿌등한 날씨와 시계 바늘 돌 듯 단조로운 일상을 깨고 삶의 활력을 주는 것이 맥주이다. 독일인의 비관을 낙관으로, 절망을 희망으로 바꾸는 묘약 또한 바로 맥주이다. 파란 눈동자를 가진 냉정한 독일 사람도 일단 맥주 한 잔이 들어가면 입가에 미소가 흐르고 두 잔이 들어가면 빈틈 많은 인간적인 모습으로 돌아가기 때문이다.

맥주와 관련된 재미있는 이야기가 몇 개 있다. 맛좋은 맥주는 대부분 중세 수도원에서 발전해왔다. 따라서 독일에 갔을 때 파울라너(바울 성인), 프란치스카너(프란체스코 성인), 살바토르(살바토르 성인) 등 기독교 성인의 이름을 딴 맥주를 선택하면 후회하지 않을 것이다. 그것이 바로 수도원에서 나온 상표들이다. 세계에서 가장 오래된 양조학과는 독일 뮌헨 공대에 있는데, '바이슈테판 연구소'가 그것이다. 이곳은 중세 수도원에 소속된 양조장에서 발전해왔기 때문에 맥주의 비법이 고스란히 전수되고 있다.

단식기도를 하는 수도사들에게 맥주는 영양을 공급하는 식사였을 뿐 아니라 기도하다가 졸게도 하고, 시간도 잘 가게 하고, 기쁨을 주는 축복받은 음료였다. 고대 이집트 문헌에 따르면 클레오파트라는 매일 맥주로 목욕을 했다고 한다. 맥주 거품이 주름을 억제하고 피부를 탄력있게 유지해 노화를 방지하는 것으로 알려졌기 때문이다. 이런 이유로 서양에서는 맥주가 여성들에게 미용제로 환영받고 있다.

맥주의 생명은 어떤 물과 맥주보리, 호프로 만드느냐 하는 것이다. 다습한 기후에서 성장한 맥주보리와 호프, 그리고 약간의 석회질이 섞인 물로 빚은 맥주는 침침한 독일 날씨와 어울려 가장 좋은 맛을 내게 된다. 독일 맥주의 또 다른 특징 중 하나는 바로 밀맥주가 존재한다는 것이다. 뮌헨 지방에서 만드는 바이스비어

(Weissbier, 하얀 맥주) 혹은 바이첸비어(Weizenbier, 밀맥주)가 바로 그
것이다. 독일 남부 바이에른 지방은 드넓은 곡창지대이다. 이곳에
서는 독일인의 주식인 밀과 감자가 재배되고 있다. 농부가 이른
아침부터 드넓은 밭을 갈고 있으면 농부의 아낙이 고생하는 남편
을 위해 머리에 이고 나오는 새참이 바로 독일식 족발인 슈바이네
학센과 밀맥주인 바이스비어이다. 우리나라의 막걸리와 돼지족
발이라고 할 수 있다.

우리에게는 맥주가 술이지만 이들에게는 음료이다. 심지어 나
치 독일을 이끈 히틀러는 독일 민족의 우수성은 건강한 아이에 달
려 있다며 갓난아기를 둔 엄마들에게 맥주를 마실 것을 권고하기
도 했다. 맥주에는 효모와 비타민 B가 많이 함유돼 있기 때문에
애를 낳은 여성이 규칙적으로 맥주를 마시면 젖이 잘 나오기 때문
이다. 독일 대학의 구내식당에서는 물보다 맥주 값이 더 싸다보
니, 학생이건 교수건 이왕이면 물 대신 맥주를 찾는다고 한다.

이렇듯 맥주를 사랑한 독일 민족에게 있어 빼놓을 수 없는 축제
가 바로 '옥토버훼스트Oktoberfest'이다. 9월 셋째 주 토요일부터
10월 첫째 주 일요일까지 16일 동안 열리는 이 축제는 우리의 추
석 명절과 같다. 일년 동안 재배한 가장 좋은 보리와 호프로 맥주
를 빚어서 한 해 농사와 건강을 축하하는 것으로, 1810년 10월 바
이에른 공국의 초대왕인 빌헬름 1세가 테레지아 공주와의 결혼을
기념해 음악제를 연 것에서 비롯되었다. 지금의 옥토버 축제는 호
프브로이, 뢰벤브로이, 파울라너, 슈파텐 등 6대 맥주회사가 뮌헨

시와 함께 공동 주최하고 있다.

축제 기간에는 독일은 물론 멀리 미국에서 날아온, 맥주를 사랑하는 애주가 700만 명이 뮌헨으로 집결한다. 뮌헨 인구의 다섯 배가 넘는 숫자다. 이 700만 명은 맥주 600만 리터를 마시고, 닭 63만 마리와 소 79마리를 먹어치운다. 이들은 뮌헨 한복판의 테레지안 광장에 모여 맥주잔을 들고 인생의 기쁨을 외쳐댄다. 축제 기간 중에는 '춤볼(위하여)'과 '프로스트(건배)' 소리가 끊이지 않는다.

일제시대 평양에서는 냉면집의 명성을 육수 맛뿐 아니라 그 집에서 한 번에 배달하는 냉면 그릇의 숫자로 가늠했다고 한다. 추운 겨울밤 눈길에 한 손으로 자전거 핸들을 잡고 나머지 한 손에는 냉면 그릇이 담긴 쟁반을 몇 층이나 쌓아 올려 배달할 수 있느냐가 그 집 냉면 맛을 평가하는 관건이었다는 얘기다.

옥토버훼스트 기간 동안에도 맥줏집 여직원이 과연 한 번에 몇 잔의 맥주를 나르느냐가 화제가 된다. 1리터 잔에 맥주까지 채우면 한 잔당 2킬로그램이 넘는다. 한 사람이 많게는 열여섯 잔을 배달한다고 하니 30킬로그램이 넘는 무게를 두 손에 드는 셈이다. 독일 여성들, 정말 대단하다.

아름다운 가을밤, 뮌헨의 마로니에 숲속에 울려퍼지는 브라스 밴드의 음악 소리에 취해, 맛있는 맥주에 취해, 맥주잔에 담긴 인생의 향기에 취해 옥토버훼스트는 밤늦도록 계속된다. 지금이라도 달려가 '춤볼'과 '프로스트'를 외치고 싶다.

효자동 이야기

내가 일하는 사무실은 청와대에서 그리 멀지 않은 효자동 네거리에 있다. 이곳은 작은 골목 하나를 두고 크고 작은 동네들이 서로 등을 맞대고 있다. 통인동, 효자동, 옥인동, 신교동, 청운동 등 조선시대부터 내려오는 동네들이다.

경복궁역에서 자하문으로 나가는 일대를 효자동이라고 부른다. 효자동은 조선 왕조의 중심이 될 뻔한 동네였다. 만약 태조 이성계가 창업 공신인 정도전 대신 무학대사의 주장을 받아들였다면 600년 왕성인 경복궁이 인왕산 아래 신교동과 옥인동에 동향으로 터를 잡았을 것이다. 이곳에는 아직도 많은 유적이 남아 있다.

그런데 효자동의 유래가 재미있다. 술을 좋아하는 할아버지가 어느 날 얼큰하게 취해 자다 무심결에 손자를 깔아 죽였다고 한다. 효자인 아들은 아버지가 이 사실을 알고 슬퍼할 것을 걱정해 죽은 자식을 붙잡고 야단을 쳤다. "왜 죽어서 할아버지께 걱정을 끼치냐?"고 말이다. 그런데 마침 아버지의 야단에 놀란 아들이 다시 살아났고, 이 사실이 임금에게까지 알려져 효자동이라는 이름을 내렸다는 것이다.

이곳에서 일하면서 느끼는 기쁨이 두 가지 있다. 하나는 늘 하늘을 볼 수 있다는 것이다. 고도 제한으로 5층 이상의 건물이 없기 때문에 창문을 통해 인왕산과 북악산을 바라볼 수 있다. 산은 변하지 않는 것 같아도 자세히 보면 같은 모습을 하고 있을 때가 없다. 계절을 따라 모습을 달리하는 두 산을 바라보는 것은 작은 기쁨이다.

또 다른 기쁨은 옛 서울의 모습을 간직한 번잡하지 않은 거리를 즐길 수 있다는 것이다. 재래시장인 통인시장과 작은 한옥집 골목을 걷고 인근 공원에서 석양을 맞는 것은 마치 유럽의 작은 마을에 온 것 같은 편안함을 준다.

그런데 이 조용하고 평화로운 동네가 한동안 몸살을 앓았다. 미국산 쇠고기 수입을 둘러싸고 촛불 시위가 격화되면서 말이다. 정부가 미국산 쇠고기의 고시를 강행하자 시위대가 청와대 앞에서 기습 시위를 벌였다. 이에 놀란 경찰은 곤봉을 휘두르고 방패로 강경 진압을 하면서 효자동 일대는 아비규환이었다. 마치 시계바

늘을 1980년대로 되돌린 것 같았다.

효자동 골목길이란 골목길은 버스로 가로막혀 유모차조차 지나갈 수 없었다. 동네사람은 너나없이 불심검문을 당했다. 퇴근길에 나선 직장인들은 시위대로 몰려 수난을 겪기도 했다. 장을 보러 나왔던 할머니, 인근 서울맹학교 장애인 학생까지 예외가 없었다. 효자동 사람들은 신분증이 없다는 이유로 코앞에 있는 집에 가지 못해 발을 동동 굴렀다.

이 일대에서 밤새 시위와 진압의 공방전이 이어지면서 효자동 주민들은 고통을 당해야 했다. 시위대에 대한 분노도 있었지만 주민들에 대한 차량 통제와 불심검문에 대해 1979년 12·12사태와 1980년 5·18민주화운동의 악몽을 떠올리며, 처음에는 숨을 죽였지만 점점 불만이 터져나왔다.

결국 효자동 거리에는 정부와 경찰을 비난하는 몇 개의 플래카드가 내걸렸다. '주민 뿔 났다' '여기가 북한이냐, 주민증 없이는 집에도 못 가냐'가 그것이었다. 이 플래카드들은 이틀 뒤 흔적도 없이 사라졌지만, 주민들의 상처와 분노는 쉽게 아물지 않았다.

그즈음 다른 내용의 플래카드가 건너편 해장국집에 내걸렸다. '대통령 다녀가신 해장국집, 이명박 대통령님 감사합니다' 식당 안쪽에는 '대통령이 앉았던 자리'가 안내되어 있었다. 식당 주인은 정치적인 판단을 떠나 어쨌든 간에 대통령이 오신 것은 개인적인 영광이라고 자랑했다. 플래카드들은 그렇게 대조를 이루었다.

촛불 시위가 수그러들면서 효자동도 조금씩 평온을 되찾아갔다. 멈출 것 같지 않던 주민들의 분노도 시간의 흐름과 함께 조금씩 사그라들었다. 주인이 떠났던 효자동 정자도 할아버지들이 한두 분씩 모이더니 예전처럼 장기와 담소로 활기를 되찾았다.

박정희 전 대통령이 유명을 달리하신 옛 중앙정보부 안가를 허물어 만든 무궁화동산에도 무궁화가 만개했다. 이곳은 이제 청와대에 구경 온 시골 노인들로 발 디딜 틈이 없다. 그동안 보이지 않던 효자동 이발관 주인도 다시 담벼락에 기대어 담배를 피우기 시작했고 통인시장의 상인들도 오지 않는 손님을 기다리기 시작했다. 한줄기 소나기가 오더니 효자동의 여름밤이 시작되었다.

12

야구가 좋아!

2008년 베이징 올림픽에서 한국 야구는 우승을 차지했다. 미국, 쿠바, 일본 등 그동안 세계 무대를 지배하던 기라성 같은 강국들을 차례로 꺾고 태산같이 우뚝 섰다. 2008년 8월 23일은 야구 100년사에 길이 남을 날이다. 국민들은 숨죽여 경기를 지켜보며 우리 선수들이 선전할 때마다 손바닥에 불이 나게 박수를 쳤다.

그리고 감격의 승리. 새벽녘까지 '대~한민국' 소리가 끊이지 않았다. 1974년 홍수환 선수가 세계권투 밴텀급 챔피언이 됐을 때와 1976년 몬트리올 올림픽 레슬링 경기에서 양정모 선수가 한국 최초의 금메달을 땄을 때 이상으로 감격스러웠다. 아니, 아홉 명이 하는 종합경기니 금메달 아홉 개를 딴 것과 같은 기쁨이었다.

순탄하게 우승을 차지했다면 감격이 덜했을 것이다. 매 경기마다 가슴을 졸였다. 살얼음판을 걷는 것 같은 절체절명의 순간을 거쳐 절망을 희망으로, 위기를 기회로 만드는 한국 야구의 저력이 발휘되면서 기쁨이 배가되었다.

한국 선수들은 참 대단했다. 그동안의 부진을 씻고 준결승 일본 전부터 '홈런포'로 조국을 위기에서 구한 국민 타자 이승엽 선수와 선발 마무리 투수인 류현진 및 정대현 선수, 올림픽 기간 내내 속을 새까맣게 태웠을 김경문 감독, 그라운드에 한 번도 서지 못한 예비 선수들, 가슴 졸이며 '대한민국'을 응원한 국민들이 바로 신화를 만든 주인공들이다.

올림픽 야구 우승이 더욱 빛을 발하는 것은 미국이나 일본에 비해 십 분의 일도 안 되는 선수층과 열악한 상황에서 한국 야구가 기적을 일꾼 까닭이다. 한국의 고교팀은 60개인 데 비해 일본은 4천 개가 넘는다고 한다. 할 말이 없다. 일본 프로 축구에서 활약하고 있는 정대세 선수가 이런 말을 한 적이 있다. 북한 대표로 경기를 할 때 일본 대표팀은 최고급 호텔에서 잘 먹고 잘 쉬었지만, 자기들은 삼류 호텔에 묵으며 냉장고는 텅 비어 있어 너무 가슴 아팠다고 말이다. 그동안 우리 선수들이 아마 이런 심정이었을 것이다.

야구가 한국에 도입된 것은 105년 전 을사조약이 체결된 1905년이다. 미국인 선교사 필립 질레트가 일본 침략기에 한국 청년들에게 희망을 주기 위해 '황성YMCA야구단'을 조직한 것이 계기였다고 한다. 이후 서울의 보성학교, 경신학교, 배재학당이 속속 야구단을 창단하면서 오늘날 한국 야구의 초석이 되었다.

한국 야구가 올림픽에서 우승할 수 있었던 것은 1970년대 고교 야구의 전성기에 힘입은 바 크다. 그 당시 고교 야구는 단연 인기였다. 고교 대회로는 〈동아일보〉의 황금사자기, 〈조선일보〉의 청룡기, 〈한국일보〉의 봉황기가 있었는데 그때는 참 대단했다. 고교 야구를 보기 위해 전국에서 동대문야구장으로 몰려들었고 모교의 경기가 있는 날이면 그 학교 동문들은 어김없이 삼삼오오 야구장으로 향했다.

고교 야구 덕분에 나 같은 조무래기 사이에도 야구붐이 일었다. 야구 글러브나 나무 배트가 너무 귀했던 시절이었기 때문에 그것을 가진 아이들은 왕처럼 군림했다. 시합을 하거나 서로 편을 가르는 데도 글러브나 배트를 가진 아이들의 영향력은 절대적이었다. 자본력이 중요하다는 것을 그때 절감했다.

골목길에서 야구를 하다 옆집 유리창을 깨는 일이 다반사였다. 글러브와 헬멧 대신 아버지의 가죽 장갑과 삼촌의 안전모가 사용되기도 하고, 배트 대신 집에 있는 다듬이 방망이나 빨래 방망이로 한창 경기를 하다보면 화가 난 할머니가 불쏘시개를 들고 쫓아오는 바람에 몰수패를 당하기도 했다.

초등학생이던 나는 야구 시합이 열리는 날이면 여고생이던 작은누나 손을 잡고 동대문야구장을 찾곤 했다. 하지만 누나가 매번 함께 갈 수는 없는 노릇이었다. 그럴 때면 5원 하던 버스비를 모아서 동네 친구들과 야구장을 찾아 고래고래 소리를 질렀다.

지금도 기억이 생생하다. 당시 배재고의 하기룡 투수가 던진 강속구가 장안의 화제였다. 배재고 경기가 있는 날 집에서 을지로를 거쳐 동대문야구장까지 걸어갔지만 표를 살 돈이 없었다. 고민 끝에 묘안이 하나 떠올랐다. 야구를 보러 온 사람 가운데 본부석 표를 가진 분께 내 손을 잡고 입장해달라고 부탁하는 것이었다.

키가 작았던 나는 아빠와 같이 입장하는 유치원생으로 행세했다. 본부석 검표원은 상대적으로 까다롭게 굴지 않았기 때문에 나같이 표를 구하지 못한 아이들은 이런 방법을 쓰곤 했다. 아무튼 그날 장효조 선수의 대구상고와 하기룡 선수의 배재고 경기를 마음씨 좋은 아저씨 덕분에 행복하게 구경했던 기억이 난다. 고교 야구의 붐이 실업 야구의 활성화를 불러오고, 실업 야구는 프로 야구의 탄생을 낳았다. 그리고 급기야 한 세대가 지나 우리 야구가 세계 야구를 제패하는 결실을 맺은 것이다.

나에게 그날은 오지 않았다
-6·10항쟁의 추억

몇 해 전 대학로 동덕여대 예술관에서 열린 '노래를 찾는 사람들'의 공연에 다녀온 적이 있다. 푸르메재단을 후원하고 계신 '중앙씨푸드'의 장석 사장님이 재단 직원들에게 관람하라고 표를 보내주신 덕분이었다. 30대의 직원들에게는 노찾사가 그렇게 애틋하지는 않은 모양이었다. 모두 약속이 있다고 해서 나와 아내만 재단 후원자들과 함께 갔었다.

2년 만의 공연인 때문인지 공연장은 이른 시간부터 사람들로 붐볐다. 대부분 머리가 희끗희끗한 40~50대였다. 낯익은 얼굴들도 많았다. '이런 것이 공감대구나' 하는 생각이 들었다.

이날 공연에 가기로 한 것은 나에게는 쉽지 않은 결정이었다. 20년 전 감동 속에 듣고, 불렀던 〈그날이 오면〉이란 노래 제목이 화두처럼 늘 내 머릿속에 남아 있었기 때문이다. '언젠가 우리 사회도 민주화가 될까? 지금 함께하는 사람들이 우리 사회의 주류가 될 수 있을까? 그러면 우리가 꿈꾸는 세상이 만들어질까? 가난한 사람도 대접받고 편히 살 수 있을까?' 등등 말이다.

망설임 끝에 공연장으로 향했다. 그리고 노찾사의 노래를 들었다. 하지만 아쉽게도 이날 감동은 찾아오지 않았다. 감동받으려고 무던히 노력했지만 가사만 입속에서 맴돌 뿐 가슴은 점점 더 차가워졌다. 이날 가수 김창기 씨는 헉헉 숨이 찬 목소리로 노래를 불렀다. 그가 "저는 스물다섯 살의 김창기가 아니라 이미 마흔다섯 살이기 때문에 그때의 목소리로 노래를 부를 수 없습니다"라고 말하는 것을 들으며 갑자기 서글퍼졌다.

6·10항쟁 때 열심히 뛰어다닌 아내에게 물었다. "과연 우리가 꿈꾸던 그날이 왔을까?" 아내가 말했다. "그날은 이미 왔지요. 단지 우리가 너무 많은 것을 아직 마음속에 바라고 있고, 버리지를 못하기 때문에 그 감동을 느끼지 못하는 거죠"라고 말이다.

뒤돌아보니 내가 조금씩 사회에 눈을 뜨기 시작한 중·고교 시절에는 대통령을 비판할 수도 없었고, 정부가 하는 것은 모두가 옳다고 배웠다. 자신의 의견을 자유롭게 말할 수도, 글을 발표할 수도 없었다.

고등학교 선생님 중 내가 존경했던 국어 선생님 한 분은 수업시간에 유신헌법을 비판했다가, 며칠 동안 사라지시더니 결국 학교를 떠나셨다. 그 사건 이후 선생님들은 다른 말씀은 않으시고 묵묵히 수업에만 몰두하셨다.

대학에 들어와서는 대통령을 비판할 수도 있었고 정부의 잘못을 외칠 수도 있었지만 그 대가는 참혹했다. 같은 과 동기 스물일곱 명의 남학생 중 다섯 명만이 같은 날 졸업을 했다. 나머지는 구속되거나 강제징집, 혹은 자퇴, 부모님에 의해 군대에 보내졌다.

그때에 비하면 지금은 전혀 다른 세상이 되었다. 어떤 의미에서 평가한다면 우리가 꿈꾸고, 열망하고, 기대했던 정말 그날이 왔는지 모른다. 하지만 나에게 그날은 오지 않았다. 아니, 영원히 오지 않을지 모른다. 그렇지만 그날에 대한 기대를 포기할 수는 없다. 언젠가 올 거라는 희망을 버릴 수 없다.

그날 노찾사 공연장에서 고인이 된 김광석의 〈서른 즈음에〉를 들으며 우리가 보낸 청춘이 헛되지 않았다는 생각을 했다. 아마 나뿐 아니라 그날 공연을 함께했던 사람들 아니, 그 시대의 아픔을 함께했던 모든 사람들은 우리가 꿈꾸던 세상에 대한 그리움과 결코 포기할 수 없는 미래에 대한 희망을 다졌을 것이다. 눈물 속에 불렀던 김광석의 노랫말을 곰곰이 되씹으면서 말이다. 세월은 결코 내가 떠나보낸 것도 아니고 내가 떠나온 것도 아닌데 말이다.

푸르메재단은 환자 중심의 재활전문병원 건립을 추진하고 있는 비영리 공익재단입니다.

매년 30만 명이 넘는 사람들이 교통사고와 질병 등의 불행으로 후천적인 장애인이 되고 있습니다. 하지만 이들이 마음 놓고 치료받을 수 있는 병원은 크게 부족한 실정입니다. 푸르메재단은 장애인 모두가 최선의 재활치료를 받아 온전한 사회적 자립을 꿈꿀 수 있는 아름다운 세상을 만들어가는 것을 목표로 하고 있습니다. 환자 중심의 대안적 재활전문병원과 어린이재활센터의 건립을 위해 시민과 기업, 정부, 자치단체의 힘을 모으는 데 노력하고 있습니다. 현재 서울 종로구 신교동에 민간 최초의 장애인 전용 '푸르메 나눔치과'와 저소득층 장애 어린이를 위한 '푸르메 한방재활센터'를 운영하며 의료 사각지대에 따뜻한 햇살을 비추고 있습니다.

후원 문의 www.purme.org · 02-720-7002

그림 임윤아

표지와 본문 내 그림을 그린 임윤아 씨는 1984년생으로, 희귀난치병 '페닐케톤뇨증PKU'을 앓고 있는 화가입니다. 신체장애를 딛고서 때묻지 않은 순수함과 무한한 상상력이 돋보이는 작품을 꾸준히 선보이고 있습니다.

효자동 구텐 백

1판 1쇄 발행 2010년 3월 12일
1판 5쇄 발행 2021년 11월 5일

지은이 | 백경학
펴낸이 | 김이금
펴낸곳 | 도서출판 푸르메
등록 | 2006년 3월 22일(제318-2006-33호)
주소 | 경기도 화성시 향남읍 행정중앙2로 64, 1106동 1604호
전화 | 02-334-4285
팩스 | 02-334-4284
E-mail | prume88@hanmail.net
인쇄 · 제본 | 한영문화사

ISBN 978-89-92650-26-7 03810